KUWEI
酷威文化
图书 影视

再见,神明

[日]麻耶雄嵩 著

沈佳炜 译

北京日报出版社

目录

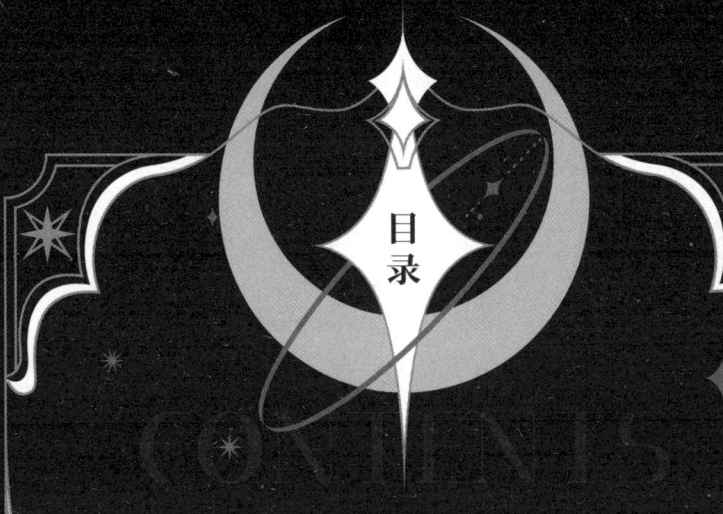

第一章
少年侦探团与神明大人
001

第二章
不在场证明的瓦解
017

第三章
通往水库的漫漫长路
089

第四章
情人节旧事
129

第五章
与比土的对决
177

第六章
再见，神明
229

CHAPTER 1

第一章

少年侦探团与神明大人

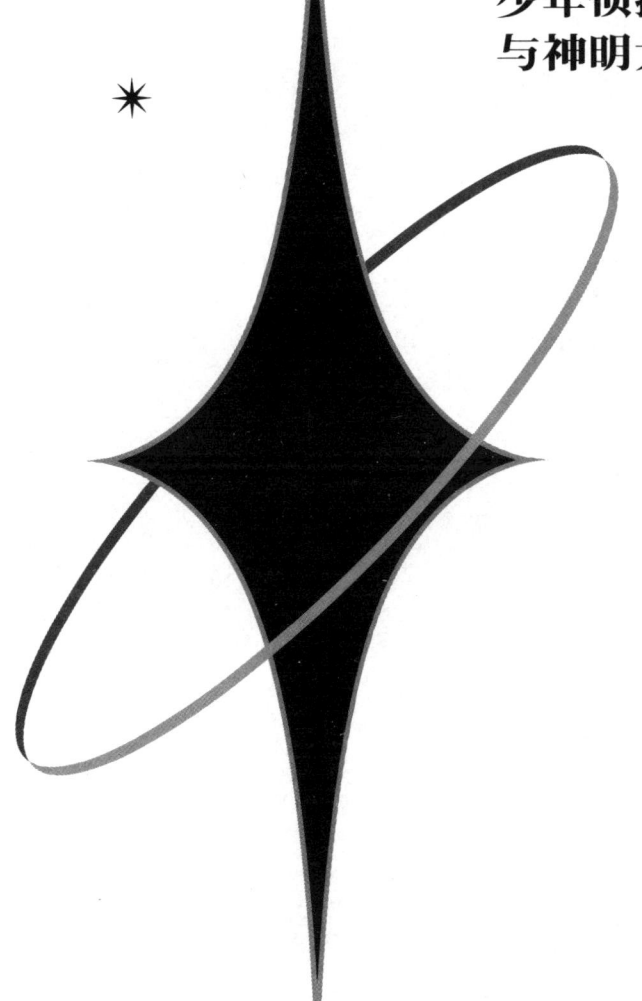

1

"凶手是上林护。"

在我——桑町淳的面前,"神明大人"如此宣告道。

走廊的楼梯口空空荡荡的,鸦雀无声。大家为了下个月即将到来的运动会,早已奔赴操场参加训练。身为体育委员的"神明大人",即铃木太郎,与我则需要负责相关准备工作,所以我们比大家晚一些离开教学楼。我趁此时机询问而得的,便是这个答案。

"上林护是谁?"

凶手不是美旗老师,这着实让我松了一口气。与此同时,我也对这个初次听闻的名字颇感好奇。铃木显露出很意外的样子,歪着脑袋说:"这个人你也很熟呀,就是班里上林君的父亲。"

"真的假的?凶手居然是上林叔……"

若说上林泰二的父亲,我确实蛮熟悉的。我虽然不知道他的全名,但去上林家玩的时候我们曾说过几次话,少年棒球节或儿童会庆典的时候他也来帮过忙。他说话的语气比较粗鲁,但身体强健,挺会照顾人的。而我的父亲,自从妻子(我的母亲)移情别恋，离家出走以后，就一蹶不振，常常暗自伤神。因此，我很羡慕上林。

"这可不是假话。他在一周前杀害了青山老师。说到底你不就是认为我不会撒谎，才来问我的吗？"

他蹲在鞋柜的帘子前穿着运动鞋，反问道。语气颇为认真，完全不像在开玩笑。

"太荒谬了，上林的父亲为什么要杀害青山老师？"

"这就得你自己思考了，你不是少年侦探团的团员吗？"

铃木穿完鞋慢悠悠地站起来，对我潇洒地一笑，转身就出了楼梯口。

"喂！"

我不禁想大声叫住他，可他置若罔闻，径直朝大家集合的运动场走去。

装腔作势！我嫌恶地咂了咂嘴。

铃木像是个"神明"，至少，他本人是如此宣称的。虽然我不相信"神明大人"会跟我在同一所小学上学，但令人吃惊的是大多数人都认可铃木是"神明大人"。

话虽如此，但铃木好像确实拥有某种超能力，一种近似于千里眼的能力。所以，我才会问他，才会为这个不知是不是玩笑的回答而感到困惑不已。

铃木是在第二个学期时，从神降市搬迁至此的。他个子挺拔、仪表堂堂、聪慧过人、运动全能，在同学中间自然十分受欢迎，课间休息时总被一群学生包围着。不仅如此,铃木性格随和,待人温厚有礼,还会爽快地告诉我们考试重点,以至于连学生之间必然存在的嫉妒也在他面前荡然无存。他太完美了,完美得让人难以置信,连现在的漫画里都不可能出现这样完美的人。

然而不管再怎么完美,凡人终究是凡人,不可能成为神明。

那么,铃木又是如何成为"神明大人"的呢?

就在他转校后不久,发生了一起盗窃事件:班里的"麦当娜"——新堂小夜子的竖笛被偷了。而铃木则非常准确地说出了偷窃者的名字。

出人意料的是,偷窃者居然是一个今年春天就转学去了邻市的家伙。也许铃木目睹了作案现场?如果两人是同一个学校的那姑且不论,但当时铃木应该是对对方的长相与名字一概不知的。大家都觉得难以置信,可那家伙的朋友一诘问,他就非常干脆地承认了罪行。

究竟是怎么破案的呢?在一片赞赏的目光中,铃木把供餐的牛奶放到桌上,若无其事地说:"因为我是神明大人。"

人们常说世上没有完美无缺的人,他是例外吗?——最初,我是这样想的,认为他是一个脑袋有点异常的家伙,这种类型在天才中很常见。竖笛事件只是他碰巧推测中了而已。

然而,在一周后的远足郊游中,有一辆大型卡车突然冲进学生队列,据说是因为司机疲劳驾驶。第二天,地方报纸以《险酿惨祸》为题,对此进行了详细的报道。

而将此次惨祸防患于未然的便是铃木。

当时,我们正排成两列走在车道旁,铃木突然转身,分腿而立,张开双手。

"怎么回事?"有人停下脚步问道。

"别急,很快你就知道了。"铃木挡着去路,面带笑容,敷衍搪塞道。

"怎么了,怎么了?"队列逐渐拥堵,后面的同学也开始发出质疑之声。前面的学生已经走远,对这些骚动丝毫不知。

就在这当口,一辆大型卡车骤然越过道路中心线,开进了前后队伍中间的空当,继而冲出道路,轮胎空转着,坠到了河堤下的田地里。卡车砸向地表所产生的撞击力,顺着路面直传到我们脚下。

这一切发生于瞬间,如果铃木没有拦住我们,有几人必定已命丧碾轧之下。

"你们知道所谓的'全知全能'吗?"

面对着瘫坐在地上的我们,铃木泰然自若地发问。

不久,老师们终于察觉到事态的严重性,慌忙赶来,场面极度混乱。

经过这件事,连包括我在内半信半疑的人也不得不相信,即便铃木不是"神明大人",他也确实拥有某种特殊的能力。学校方面因为要应对警察以及照顾昏厥的孩子,乱成了一锅粥;而我们则对铃木神乎其神的言行震撼不已。

此后,铃木被尊称为"神明大人"。

铃木看起来并不讨厌这个称呼，说起来这个称呼原本就是他自己提出来的，并且不管怎么说，这称呼既不是直呼其名，也不是"××君"或"××酱"，而是"××大人"。想必铃木不会有什么不满。

只是从那以后，铃木一反周围人的期待，鲜少使用自己的能力。

"如果神明插手干预的话就不有趣了。"

据他说，"神明大人"创造了这个世界，在一定范围内对整个世界的运转听之任之。横加干涉反倒得不偿失，且毫无意义——这是他一贯的托词。

而竖笛以及卡车事件则是因为"放任不管的话，班里的气氛会变得很压抑沉闷，我可不喜欢那样"。

另外，人类，不，宇宙间所有被创造出来的东西对神明大人的诉求——无关乎现实物理距离的远近，无论身处何处，似乎都会平等地传到铃木的耳中。

曾有人惨白着脸恳求铃木，恳请他让死于交通事故的哥哥起死回生。铃木面无表情地拒绝了，理由是假如大家都起死回生了，那地球就会爆满，因此他必须公平地对待生死。

当时的铃木态度冷淡，与平日温厚的性格并不相符。按他的说法，假如一些地区的穷人都富足长寿了，资源稀缺的人会比现在更加贫穷，这样也可以吗？人类的生死就是会产生如此重大的影响。

这话听起来神神道道的，不过既然目睹了他的"千里眼"，我们也就不能认为他说的全是一派胡言。即便他无法使人起死回生，至少应该有洞穿真相的眼力。

直觉告诉我，铃木之所以会寻找各种各样的借口，不肯使用自己的超能力，是因为害怕流言四起，导致自己的超能力被秘密机关或者恐怖组织利用。同时，也是为了避免自己的超能力使用有违于自己的意志，避免自己成为人体实验的小白鼠。

我开始嫉妒铃木，同时，也咒骂自己心胸狭隘。

不管铃木的学习成绩有多么优秀，多么受到老师的夸奖，多么仪表堂堂，多么受同学们欢迎，我都不在乎，我就是我。只不过，我仅是一介凡夫俗子，而他则拥有普通人所没有的能力。

有一次我曾问他，在以前的学校，别人是怎么看待他的。想必那里也有人像我一样不以为然，满腹狐疑。

得到的回答是，在以前的学校，他只告诉了一个人自己是"神明"。

我接着问："那你为什么在这里却选择公之于众了呢？"

"因为一成不变就太无趣了呀。虽然你喜欢寿司，可要是一日三餐都吃寿司的话很快就会腻歪了吧？人类只是因为无法轻易改变才没有那么做，而我则可以随时随地、随心所欲地改变，因此我无时无刻不在变换着自己的生活方式。归根结底，我就是为了消遣解闷才来到世间。所谓的神明其实百无聊赖，乏味至极。"

从他的话中我了解到，不光是学生，他还曾变成过成年人、老人，甚至女高中生或者职业女性。铃木男扮女装的样子，单是想象就让我感到恶心想吐。不过据他本人所说，那些女性角色都是这所学校的"麦当娜"们望尘莫及的美人。

我甚至卑鄙地想过,要是把这些话告诉铃木周围的女生,他估计就会被她们反感。可再一转念,这样的事情怕是谁也不会相信,反倒会把我当成骗子。我不由灰了心,放弃了这个想法。

"既然你无所不能,为什么要以人类的姿态生活在这偏僻的乡下呢?"

"你之所以认为这里的生活不便,是因为你无法超脱空间的局限。于我而言,时空形同虚设,这世上最不便的是全知全能。正因为有了局限,人类才能向前。再没有比全知全能更无聊的东西了。"

虽然铃木一再强调"无聊",可他看起来一点儿也不无聊。他每天被叽叽喳喳的女生们包围着,很是快活适意。

真如他所说,是神明创造了我们人类吗?

既然如此,这个自称神明的家伙为什么会在这里?在此以前,全知全能的神明大人会感觉到"无聊"吗?

"不能理解吗?举个例子,你在草地上突然心血来潮地抓起一只刚从蚁穴出来的蚂蚁,捉弄它。这对于你来说或许只是一时兴起,可对于蚂蚁来说却是完全无法理解的吧——为什么刚从蚁穴出来,就被比自己大百倍的巨人抓在手里。"

"也就是说,人类无法揣度神明的行动以及心理吗?"

"对。"铃木点了点头,脸上的笑容帅气得可恨,"说到底,'无聊'这个词,也只是便于人类理解的一种表现形式而已。人类既无法翱翔于天空,也无法改变自己的形态,还得受制于各种各样的条件。而且,要是以为唯有感情是被完整赋予的,那可就大错特错了——人类无法认知的感情多如星海。"

神明怀着人类无法理解的感情出现在我们的面前,因而再问下去也毫无意义——铃木或许是想表达这个意思。可在我听来,这是一个信号——不要再问下去了!

对于铃木自我防御式的戏言,我并不打算继续奉陪。这不符合我的作风,仿佛在等待别人露出马脚一样。

而且,无论是神明,还是超能力者,一旦跟拥有超越人类能力的家伙接触,我只觉得自己渺小可怜。自此,我跟"神明大人"拉开了距离。

但此刻,我趁着四下无人之际向铃木询问凶手的名字,却是事出有因——班主任美旗老师被怀疑有杀人之嫌。

美旗老师还很年轻,二十五岁左右。他今年开始接手我们班,认真负责、温柔细致。

他曾就读于东京的体育大学,当时练过柔道。他的身高近两米,是一位重量级选手。他每天蹬着女式自行车来学校,自行车在他身下嘎吱嘎吱地响,发出快要散架般的哀鸣。那副身姿,即便在很远的地方也能被一眼认出。虽说是重量级,但他的体型不像相扑力士,而是雪男[1]型的巨汉。因而常有人在背地里叫他"yeti[2]"。

---

[1] 指雪人,据说是生活在喜马拉雅山上的、像人一样的动物。译者注。
[2] 藏语,意为喜马拉雅山上的雪人。译者注。

在一周前发生的杀人事件中,警方认为美旗老师有作案嫌疑。向我们透露这个情报的是以消息灵通著称的丸山一平。因为他的妈妈是PTA①的理事,因此他这方面的消息特别灵通,同时也成了各种谣言传播的源头。

据丸山所言,这次杀人事件的被害人是今年去隔壁霞丘小学赴任的体育老师——青山。青山与美旗老师毕业于同一所高中,大学时同为柔道部成员。两人不仅体格相似、年龄相仿,实力也不分伯仲。队伍代表经常不是美旗老师就是青山。他们之间并没有明显的实力差距,也许正因为如此,不知何时开始,以这两人为中心形成了派别之争。自然而然,两人的关系也变得水火不容。

美旗老师因为负伤,大学一毕业就担任了教职。而青山则在毕业后仍持续了一段时间的柔道运动生涯,但终敌不过年轻力壮的新人,也转而成了一名教师。这两人原本是同乡,在这小小的吾祇市更是陷入了低头不见抬头见的尴尬境地。

不走运的是,案发一个月前,有路人目击他们在杀人现场附近发生争执。

案发现场是一条荒无人迹的道路,东西向穿过树林——这片树林是两个校区的分界。沿着这条路,美旗老师自西而东,青山则自东而西,各自从学校下班回家。要按往常,两人经过的时间并不相同,青山比美旗老师的下班时间大约早一个小时。但那天青山由于整理善后而耽搁了点时间,正好跟美旗老师碰上。至

---

① 家长教师会。家长和教师携手开展各种活动,以促使中小学生健康成长、生活幸福为目的的组织。译者注。

于发生争执的原因，丸山也不清楚。据说当时两人互相揪着彼此的衣襟，吵得很凶。要是目击者没有上前阻止，两人估计就打起来了。

而一个月后，发现青山尸横路头的，也是美旗老师。

凶手真的是上林的父亲吗？

傍晚时分，我伫立在杀人现场，陷入了沉思。

六点将近，日落西山，道路两侧是茂密的杂木林，杳无人迹。每隔二十米有一盏老旧的路灯，向地面投下昏暗的灯光。

这些路灯中，唯有我一前一后的两盏路灯焕然一新，灯光煌煌。想来这应该纯属偶然，并不是由于凶杀案而新换上去的。虽然它们看起来很像是在替被夺走的生命点亮生之烛火。

就在这时，林中突然传来些许声响。我不假思索地连忙后退，眼角的余光瞥到一只狸猫横穿过道路。

"可别吓唬我呀。"

我望着狸猫消失在幽黑的树林深处，喃喃自语。

这条路连车道分界线都没有，只有一条车道，我们把它叫作"幽灵路"。原因很简单，因为确实有人在这条路上目击到了幽灵。久远小学里也有好几个神神道道的女生声称她们见到了幽灵。当然，秉持现实主义原则的我根本就不相信幽灵的存在。

对于幽灵的真实身份，人们众说纷纭。有人说是二十年前死于交通事故的少女，也有人说是在铺设这条道路时因拒绝搬迁而被土木建设公司谋害致死的老婆婆。其中还衍生出了女幽灵数着吾衹市的特产硬煎饼，哀叹"少了一块"的笑话。不管怎么说，在这个互联网时代，围绕幽灵的真实身份产生的众口不一的说法，也正表明了其实并没有什么足以成为缘由的事件。

一踏入幽灵路，房屋骤然减少，只剩路灯星星点点。两侧的杂木遮挡住了远处市区的灯火通明。加之车流往来稀少，令人不禁心生不安。幽灵路的称号兴许就是在此基础上添枝加叶而来的，刚才的狸猫估计也为此做了些许贡献。

从今以后，想必女幽灵的故事就会变成彪形大汉的幽灵故事了。

青山遇害是在一周前的现在——六点。那天从早上开始就一直下雨，到了晚上雨势不弱反强。

美旗老师如往常一样从学校回家，途经此地时发现了倒在路边的青山。当时自行车倒在地上，雨伞掉在旁边，青山背上满是鲜血。美旗老师把他抱起来的时候，他已然咽气。尽管大雨如注，但青山的身体依旧温热，想是刚遇害不久。跟先前两人发生争执时一样，这天青山也因为善后工作而晚了一个小时离校。

根据警方的调查，青山是在骑自行车离校的途中，从身后遇袭的。他的背部中了数刀，未见抵抗的痕迹。青山虽然已经退役，但他毕竟曾是柔道运动员，却如此轻易地被杀害。究其原因，应该是大雨掩盖了凶手靠近的脚步声，加之因为当时的大雨，青山骑自行车的速度会比较慢。

根据丸山的说法，青山离校的时间与往常不同，所以应该不是有计划的犯罪，而是冲动性犯罪或是无差别杀人。

另外，作为凶器的菜刀虽然在量贩店就有售，但凶手使用的不是新品，而是旧物。菜刀上面的指纹像是已被拭去，无法检测出来。

我起先对这个杀人事件并不感兴趣，直到听说美旗老师遭到怀疑。我跟隔壁小学的老师素不相识，事发翌日，校长还在早会上啰啰唆唆地告诫我们要结伴放学，这更令我不胜其烦。

但美旗老师曾有恩于我，于是我向丸山询问了详细情况，犹豫再三又向铃木讨教，结果得到的回复却是上林的父亲。这个回答无法令我称心。我跟上林虽谈不上是挚友，但也是相识已久的朋友。

脚下残留着隐约的血迹，它们渗入破败的柏油路，难以抹去。白线勾勒的人形和禁止进入的隔离带等搜查的痕迹早已被清除。虽然车流量小，可毕竟是一般道路，总不能整整一周都放任不管。

我在尽量避免踩到血迹的同时，反复思考着自己为何来到这里。

我愿意相信铃木吗，又或者不愿意？

风带着寒意吹拂过我的脖颈，就在这时，我看到前方有一处小小的灯光向我靠近。晚上独自一人徘徊在杀人现场，这事情不合常理。我低下头打算蒙混过去。

"怎么了？"

伴随着自行车刹车的金属摩擦声，有人向我问道。

我抬起头，看到新堂小夜子单脚撑地停在那儿。

"这么黑的天，你居然在这种地方。因为是少年侦探团，所以在模仿侦探吗？"

小夜子问。她甜腻的女高音有如歌剧里的歌唱家一般。

我不擅长应付小夜子。她跟我是邻居，我们自小相识，因此她总是一副跟我很熟的样子。另外，虽然我们同岁，但她的身高比我高出几厘米，常常摆出一副长辈的姿态，这也让我很看不惯。她可能以为自己是姐姐，可在我看来，她只是一个爱唠叨的小姑娘而已。

"没干什么，你赶快走吧。另外，是久远小侦探团。"

我挥挥右手想把她撵走，却又不由自主地纠正道。我讨厌少年侦探团这种幼稚的名称。

小夜子无视我的意愿，放下自行车的脚撑走了过来。她扑闪着大如铜铃的眼睛，露出意味深长的笑容，问道："被杀害的青山老师跟淳是毫不相干的吧。又或者你们其实认识？"

小夜子的刘海用发夹别起，露出宽宽的脑门，柔软的黑发后绾。每当她饶有兴趣地提问时，后脑勺的发辫就会来回晃动。

"没有，不认识。"我恨自己回答得如此规矩老实，不禁怀疑那脑后一摇一摆的黑发中蕴藏着什么催眠效果。

但是小夜子似乎还不知道美旗老师受到怀疑。

我刚松一口气，就看到小夜子像猫咪一样眯缝起眼睛。

"今天中午，你跟铃木讲话了吧，莫非是向他问了凶手是谁？"

我讨厌敏锐的女性。

"说中了？你之前不是说过他的话全都是一派胡言？原来实

际上你还是相信的啊。"

她一副对我嗤之以鼻的神情。小夜子因为面容姣好,待人接物又落落大方,被班里人奉为"麦当娜",但她实际上却是这副嘴脸,真应该让更多的人看看。"麦当娜"终于撕下了伪装!——这话题一定会在全班引起轰动。

"怎么,人家好心好意帮你找到了偷竖笛的小偷,你居然还不相信他吗?"

"这不是理所当然的吗?我倒更愿意相信圣诞老人在芬兰过着悠然自得的生活。"

这么说来,我突然意识到小夜子确实没有像其他人一样围着铃木团团转。可能因为我们远足郊游那天她感冒请假,没有目睹卡车事件。

"不过,真奇怪。我还挺好奇究竟是什么把你逼到这个地步的?"

我转开视线:"没什么,我只是稍微有点兴趣罢了。"

"稍微啊……那么,铃木告诉你凶手是谁了吗?"

"不,并没有。"

我当即撒了一个谎。这个反应连我自己都觉得很满意。我无法说出口——铃木指认上林的父亲为凶手。

"他还是舍不得使用自己的能力呢。"

"没办法,要是我们老是依靠铃木,就成不了像样的人了。"

"说得好像你领悟了什么一样,明明之前还去找铃木帮忙。"

小夜子露出洁白的虎牙,又笑着说:"但是,可真奇怪啊。既然如此，你就没有理由来这里了。还是说，其实他已经告诉你谁是凶手了？"

"我说了没有。你才是，怎么会在这儿？会遇到无差别杀人犯的。"

"这也是我要对你说的话吧。我刚从补习班回来。"

我看向她的自行车，前面的车篮里放着她平时用的包，粉粉的色调，充满少女气息。

"前天是妈妈开车送我去的，但她不小心把腰闪了，所以今天我只能自己去。你要是觉得危险，就送送我。今天你也是骑自行车来的吧？"

"我还有事呢。"

话刚说完，就听到又一辆自行车嘎吱嘎吱地过来了。

"你们俩在这里做什么呢？"

这粗犷的声音我很熟悉，是美旗老师。

"无差别杀人犯可能就在附近徘徊，你们在这儿也太危险了。"

美旗老师粗眉上挑，怒目而视。有些老师的斥责听起来像在拿学生出气，但美旗老师的眼神和语气始终认真而诚恳，他为学生着想的情意直击人心。

"我们正要回去呢。"小夜子露出乖巧的微笑说道。

我站在她身边，俯首不语。

"真是的，都这么晚了，我送你们俩回家。"

美旗老师掉转车头，催促我们赶快骑上自己的自行车。他如圆木般粗壮的手轻轻按在我的背上。这宽大的手掌令我感到十分安心，但同时又感到些微屈辱——本该护送小夜子回家的自己现在被美旗老师一并送回了家。

"老师……老师你不换一条路走吗？这条路上发生了那样的事情。"

我们在沉默中并行了一会儿，快到幽灵路出口的时候，我终于下定决心问出口。

"嗯？我吗？"在路灯的微光下，美旗老师转向我，"因为这条路既平坦距离又近。青山的事情，我感到很难过。如果无差别杀人犯出现了，我会帮他报仇的。"

我不知道他究竟是乐观豁达，还是疾恶如仇。

"不过这里是以幽灵出没而闻名的吧，老师你每天都走这条路，有没有见过呀？"

小夜子问了一嘴题外话。

"幽灵？没有啊。我又没做什么坏事。幽灵啦妖怪啦，都是人做了亏心事时才会看见的东西……话说回来，你们可不要说什么青山老师的幽灵之类的话。要是他的家人听到了，会很难过的。"

美旗老师说这话的时候语气温柔但眼神庄重。

我感到一阵心安。

2

第二天，我逮住刚到校的铃木，把他拉去了安全梯的平台上。

"有什么事吗？"

铃木像是知道原因，又像是不知道，老老实实地跟在后面。安全梯设在教学楼外侧，听不到走廊上的喧闹。反之亦然。

"我忘了一件很重要的事。昨天的事，你有跟谁说过吗？"

"昨天的事？哦，你是说杀害青山老师的凶手吗？"

"嗯，你没把凶手的名字告诉其他人吧？"

如果凶手是上林的父亲这件事传开了，后果将不堪设想。哪怕老师们不相信，班里那些相信铃木的同学怕是会照单全收。如此一来，上林就要如坐针毡了。

"没有哦，压根就没人来问。"

我长舒一口气。与此同时，内心的不安却又吐出了它的蛇信子。

"你是说如果其他人来问了，你就会告诉他吗？千万不要，别告诉任何人。"

"真是一副命令的口吻呢。"

他虽然嘴上这么说，脸上却毫无波澜，丝毫不见怒色。

"放心吧，我不会告诉其他人。因为是你，我才说的。"

"是吗……多谢啦。但是我怎么觉得有点后脊发凉呢？"

"哈哈，没什么特别的意思。"铃木快活地答道，"对于那些把我的话囫囵吞枣的人，即便告诉他们也没用。这就好像往没有击球手的本垒板投球一样。我想如果是你，你应该能够自己找到真相，毕竟你是侦探团的成员。"

虽然他居高临下的态度令我不爽，但铃木似乎很中意我跟久远小侦探团。

"……你认为我们能找到真相吗？"

"唉，谁知道呢？我只知道我想知道的事。"

面对这般云里雾里的回复，我一时愕然语塞，只得移开视线。

一移开，却正好跟此时穿过校门的市部视线相交。

市部始是我幼儿园时代的青梅竹马，也是久远小侦探团的现任团长。市部成绩优异、聪颖过人，体育也不错，又有领导才能，故而现在是儿童会[①]的书记。才五年级就成为儿童会干事，这是三年来都不曾有过的事。

只是市部的长相，哪怕恭维也称不上仪表堂堂，不过正因如此，虽然转校来的"完美先生"夺去了市部的风头，但他仍然很受男生们的追捧。

就在今年春天，市部突然提议成立一个侦探团。本来他就是

[①] 在小学，为了儿童的自治活动而设立的组织，开展以充实和提高学校生活为目标的活动。

一个净看推理小说的推理宅,常常在我面前卖弄他那些无聊的知识。比如"你知道吗,夏洛克·福尔摩斯还有一个比他更聪明的哥哥麦考夫·福尔摩斯",又或者"你知道吗,安德里亚与帕帕佐格罗是夫妇"。我碍于青梅竹马的颜面,经常好言附和,但这似乎令他误以为我也是一个推理宅。

"秘密基地要毕业了,接下去侦探团才与我们相称!"

他嘴里嚷着莫名其妙的口号跑过来邀请我。

话说,我都不记得自己去过秘密基地。

都五年级了,哪还有什么少年侦探团啊。虽然心里这样嘀咕着,可实在盛情难却,而我当时也正处于开始被班上孤立的时期,最终,我以去掉团名里的"少年"二字为条件入伙了。当然,其中也不乏因他最先邀请我而感到的喜悦之情。

尔后,市部就为侦探团展开了积极的活动,他瞬间又召集了三名志同道合者,一周之后,这支由五个五年级学生组成的"久远小侦探团"正式诞生。

可不尽如人意的是,久远小侦探团既没有教师顾问,也没有明智小五郎之类的优秀领袖,迄今为止最盛大的行动就是捉拿可乐小偷……

"唉……"

放学后,我徘徊在儿童会办公室门口唉声叹气。被烦人的家伙看到了,他一定会查问我今天早上的事情。

只要没有儿童会的会议,这间办公室就是久远小侦探团的本部。市部在儿童会位处末席,照理说是无权处置哪怕空闲时间无人使用的办公室的。但由于此前抓到的可乐小偷进的是PTA会长朋友的店，我们学校又有注重社会体验学习的校风，因而也就认可了市部的使用权限。不过当然，教师与儿童会对市部的信任是最大的提前。

我打开门时，里面已经有三名团员在场。除了市部，还有丸山一平、比土优子。即便是这么偏僻的吾祇市，也有很多人在上补习班，放学后团员鲜少能聚齐，最极端的时候只有我跟市部。我是因为父亲不怎么管我的学习，市部则是因为哪怕不上补习班，成绩都是班级第一。

上林不在场让我松了一口气。与此同时，又不无遗憾地咂了咂嘴——要是另外那两人不在就更好了。

丸山身形矮小，总是插科打诨，我跟他不在同一个班级，在侦探团成立前从未说过话。而市部似乎跟他在一、二年级时是同班同学。丸山的爸爸是市议员，妈妈是PTA的理事，因而不时摆出一副高傲的派头。他喜欢散布谣言，但不扯恶意之谎，所以我也没那么讨厌他。此外，丸山也喜欢推理小说，但没有市部那么狂热，据说他是作家仁木悦子的粉丝。

隔着市部坐在丸山对面的是比土优子。她跟市部住在同一片区，自称"市部未来的恋人"。为什么是"未来"呢？据说成为恋人的前提条件是市部得把自己整容成相貌堂堂才行。话虽如此，市部对此并不上心，只是比土单方面的纠缠罢了。

我无法理解她的这种感情。

无法理解的事情还有一件，比土是所谓的"通灵少女"，声称在幽灵路上看到过老妪幽灵的其中之一。比土面容白皙，五官清淡，刘海齐剪至眉，犹如菊花人偶一般。与清淡的面容相对的，她的衣着却常是镶了荷叶边，以黑色为基调的哥特萝莉式的衬衫与裙子，这自然而然地营造出一种不可思议少女之感。

我曾问过她铃木所说是否属实，她给我的回复是"我在铃木君身上看不到守护灵，他是否是'神明'也未可知"。在铃木的威压面前，比土的圣域不堪一击（比土的通灵，与铃木的全知全能相比，简直望尘莫及）。许是因此，她始终跟铃木保持着一定的距离。

"来得真晚啊。"

不同于以往，市部板着脸迎接我。随即就把话题引到了今早的事。

不愧为推理宅男，嗅觉十分敏锐。

"你问了铃木这次的事件？"

"嗯。"

"那他告诉你了？"

"……没。"

一时的踌躇将我的运数推到了尽头。

"骗人的吧？"市部当即断言道。

"嗯，是谎话，实际上他告诉我了。"

在至交面前，谎话行不通，我只得老实承认。

市部露出一副不出所料的表情，而丸山则身体大幅前倾，满面吃惊，感叹道："哦……原来还可以跟铃木打听。"

这个着眼点挺异乎常人的。

与之相对，比土的脸上波澜不惊，她十指交叉放在膝头，说着像小夜子一般的话。

"你也会寻求铃木的帮助呢。"

"那么，犯人是谁？莫非真是美旗老师……"

侦探团成员都知道美旗老师受到了怀疑，因为这个谣言的传播源头就在侦探团内。

"不是美旗老师。"

会议办公室凝重的气氛一下子缓和了。

"那究竟是谁？难道是……霞丘小学的学生？"

凶手是小学生什么的，这种稀奇古怪的猜想确实很符合推理宅男市部的风格。不过铃木更胜一筹。

"抱歉，我现在不想说。"我垂下眼，摇了摇头。

"为什么……难道，是我们认识的人？"

市部略微站起身，我努力保持着自己的扑克脸，说道："这也不能说，我还没有整理好自己的心情，但是下次我一定会告诉你们。"

我不会违背承诺，市部深知我这一点，因而他虽心有不甘，仍旧依言作罢了。

不过，丸山还是一副无法接受的样子。

"真吊人胃口，这跟铃木有什么区别？对了，我去问铃木。"

"随便你。"

我不屑地说。我有一种莫名的确信，铃木无论如何都不会告诉丸山。当然，也许这确信只是我自以为是的错觉——我才不想跟丸山相提并论。

在超能力者看来，我也好，丸山也好，都只是区区凡夫俗子。

下一次的集会是在新一周的周一。虽然日子往后延了三天，但大家仍旧一筹莫展。

我早就知道会是这样。

周日下午，天空中布满了鱼鳞状的卷积云，我来到上林家门前。当然，我什么都没跟上林说。

上林家位于自行车十分钟车程的高地上，独门独栋，为绿篱所包围。这一带是新兴住宅区，有很多造型类似的房屋。

我透过绿篱的缝隙向内窥探。上林的父亲坐在外廊，穿着十分随意，上身着一件薄衬衫，下身是一条运动裤。他的脸颊微红，想是有些醉了，身边放着一瓶开了盖的啤酒和玻璃杯。

据说他上班的工厂停工两个月，所以近一个月来，他整日都在家。因为无所事事，他常常大白天就喝酒。我想起先前上林跟我抱怨，说他放学回家，总是闻到父亲满身的酒气。

过了一会儿，我看到上林从屋里出来。

"爸爸，快递好重啊，你来帮忙搬一下吧。"

"怎么，你跟妈妈两个人不行吗？"

"也不是不行，爸爸，你最近不是一直闲着没事吗？稍微帮下忙总可以吧？"

"不是闲着没事，我是在养精蓄锐，等到下个月……啊，我知道了，不要用那样的眼神看着我啦，我现在就去搬。"

上林的爸爸耸耸肩，像是在说"哎呀哎呀"，就进屋里去了。这幅光景，宛若家庭剧般温馨和睦。

上林的父亲怎么看都不像是杀人犯。

我放下拨开绿篱的手，背过身去。我并不羡慕上林，我只是曾以为他是一个幸福的人。

倘若铃木所言属实，那么眼前这幅光景迟早会终结。世上没有永不终结的东西。但是，合该有一个适宜的时机。

从高地回来的路上，途经一个小公园，我坐在公园的秋千上，听到小夜子的声音。

"你在干什么？"

她把自行车停在公园入口，向我走来。

"今天也是去补习班？"

"不是，今天是去买东西哟。"

如她所言，萝卜与大葱从环保袋向外探头探脑。

"妈妈腰闪了还没好呢，哥哥只管他的社团活动，家务也不做。"

小夜子的哥哥现在在篮球部，比我只大三岁，但个子高到令人羡慕，有一米七五。

"这座公园跟案件有关联？"

"不，我没在调查什么，只是有点伤感。"

"净扯谎。"

小夜子带着洞悉一切的表情，坐在了旁边的秋千上。秋千的锁链吱吱嘎嘎作响。她似乎打算在这儿长久地坐下去。

既然如此,那就我走吧。

正要站起来的时候,我听到她说:"让我猜一猜吧。淳你从铃木那里得知了凶手的名字,而现在正一个人为此苦恼。我说中了没?"

可能我脸上的表情已经给出了答案,我听到她哧哧地抿嘴笑。

"我才没有苦恼。"

我嘴硬道。可这对小夜子好像并不管用。

"真不坦率啊……不过真不可思议呢,你为什么那么信任铃木?这次的案件跟竖笛事件显然无法一概而论。"

"我从没把铃木当成神明,但是,我认为他确实拥有某种超能力。"

"简直是铃木君的代言人呢,可他的超能力也并非绝不会出错吧?"

"我没有完全相信,所以才苦恼。"

我多希望那是谎言,但也正因为有所希望,才会产生迷惘。去往案发现场,窥探上林家,都源于此。

"总之,那家伙身上有着普通人没有的能力,我或是你都没有的能力。"

"我说啊……"小夜子用漆黑的眼睛凝视着我,长叹了一口气。

"淳,你太过于强求了,任何事都是如此。不久前还是夏天,现在已是秋天,可你却一直保持着冬天的模样,以前明明老实得让人担心。"

"我不明白你在说什么。"

我激动地摇着头,站了起来。再说下去只会被揭开伤疤。

然而小夜子迅速地抓住了我的手,阻拦道:"那就再去一次现场不就好了?用自己的脑子重新思考思考,或许迷茫会有所减少呢。"

小夜子抓着我的手,硬是把我拉到了自行车边上。她的力气很大,大到让我不禁疑惑这么大的力气究竟潜藏在何处,而我又为何无法反抗。

幽灵路上依然不见什么人影车迹,荒凉寂静。它离市区不过几分钟的路程,却给人一种恍若身处深山老林般的错觉。不同于上次,今天太阳还很高,没有那种沿着脊梁骨爬上来的凄凉之感。

"你看,这儿就是案发现场吧,这儿还残留着血迹呢。"

小夜子指道。她的沉着冷静令我吃惊。我本以为实际看到血迹后她会害怕。

"你不怕吗?"

"淳你害怕?"

小夜子眯缝着眼,嘲讽般地笑了,一副像是要直接从血迹上踩过去的架势。

"我才不害怕。"

"爷爷去世前经常跟我说,可怕的是人,除此以外都不可怕。"

她的脸上落了一层淡淡的阴影。小夜子是被爷爷带大的,但她的爷爷在两年前因脑出血而撒手人寰。

"确实,或许最可怕的是人。但这血迹里,可是浓缩着那个人的恶意呀。"

"物是物,人是人。"

即便是爷爷的教导,我仍旧很佩服小夜子,她居然能看得如此透彻。

"你嘴上不承认,但在问了铃木之后,一定调查了很多吧。你生性不到黄河心不死,那座公园你平时并不会去,难道不是因为在附近有什么事吗?"

"你比我更适合当侦探啊。"

一阵秋风吹过,树林里沙沙作响。小夜子用手压住头发,说道:"是女生的直觉。女生也有女生的优点呀。"

她用食指轻轻戳了戳我的额头,随后对仍旧保持沉默的我报以包容的微笑,说道:"我听哥哥说,在路两侧各有一个烟蒂,他说那大概可以证明凶手并非无差别杀人,而是专程在那里埋伏青山。不过当然,烟蒂也可能跟本次案件毫无关系。"

"在雨里抽烟?那不是很快就被浇灭了吗?"

"抽烟的人,有时为了让心情平静下来,哪怕只吸一口也好。"

我忽然想起了刚才在上林家看到的场景。外廊的啤酒瓶边上,放着一只烟灰缸。

"什么牌子的?"

"那就不清楚了,哥哥也只是从篮球部的前辈那里听来的。"

029

"但是，为什么是在路的两侧呢？"

"可能是在寻找最佳位置。"

"为了藏身吗？但这条小路只有一条车道，无论藏在哪里不都差不多吗？"

"或许是因为不适意呢？你看，不是有些人会很在意坐垫里的棉花有点偏移吗？"

小夜子这话想必是指我。

即将作案行凶的人，也可能确实会在意这些小事。但是……上林的父亲，应该没有那么神经质。

就在这时，恍若即视感一般，我听到从远处传来链条吱嘎吱嘎的声响。不出所料，果然是美旗老师。

"又是你们俩。"

与之前不同，这次美旗老师看起来是真的生气了。他咣当一声放下自行车脚撑，怒气冲冲地晃动着宽阔的肩膀，大步流星地走了过来。

"今天太阳还很高，不要紧的吧，老师？"

小夜子扁着嘴，巧妙地回答道。这时，我不禁觉得八面玲珑的女生真好啊。如果是我还嘴，美旗老师的说教估计只会加倍。

"说什么呢？无差别杀人犯可不一定只在晚上杀人。再者说，这么荒僻的地方，无论是白天还是晚上，你们两个小孩都不能来这儿闲逛。"

美旗老师把手伸向我们，这势头像是要一把抓住我们的脖子。

我不由得缩了缩脖子，小夜子则敏捷地闪开身子，说道："是因为两个人才不可以吗？那如果三个人是不是就可以了？"

"又强词夺理！"有那么一瞬间，美旗老师皱眉蹙眼，接着他又说道，"那么我重新再说一遍，小孩不能在这里闲逛，哪怕有十个人也不行。这样行了吗？"

结果，又跟上回一样，美旗老师把我们送回了家。我再次感到一种屈辱感掐住了我的脖子。

"怎么回事？怎么今天两个人都一声不吭？看样子多少反省过了。要知道，如果你们遭遇了什么不测，老师跟你们父母都会很伤心的。"

走出幽灵路后，我们仍旧沉默不语。美旗老师可能觉得批评得太过严厉了，态度一百八十度大转变，用十分温柔的口气跟我们说。

"美旗老师——"我终于下定决心问道。

"嗯？怎么了？"

"老师，你相信神明吗？"

面对我这突如其来的问题，美旗老师先是有些困惑不解，继而若有所思地说："神明……班里好像是这么称呼铃木的。听起来不像是坏话，我就没说什么。但不只是贬损蔑视，过度的恭维奉承，最终也会导致孤立，你们还是适可而止为好。

"而且，人不管多么出众都只能是人，要是觉得人可以突破人的界限变成别的什么东西，哪怕是下意识的念想，也只能证明你们还太天真了。我虽然生来体格强健，但也是因为比别人加倍努力练习柔道才变得厉害。要是幻想着什么荒唐的事情,从而放弃了努力的话,只会一无是处。"

美旗老师单手脱把,温柔地摸了摸我的头。然而,我现在想问的并不是这个。

"老师,你不相信神明吗?"

好像我的代言者一样,另一侧的小夜子继续问道。

"不,我相信。如果是在'尽人事而听天命'这一意义的层面上。"

要是老师目睹了铃木的超能力会作何反应呢?我颇感好奇,与此同时却又觉得毛骨悚然。

3

第二天的集会,不巧上林也来了。早知如此我还不如上回老老实实地说出来,但现在后悔也无济于事了。

"今天总该告诉我们了吧?"市部向我发出了最后通牒。

我不情不愿地点了点头,瞥了一眼上林,他正向我投来无辜又好奇的目光。他大概从市部或丸山那儿听说了事情的原委。

上林是个上道的家伙,嘴不像丸山那么坏,只是性格有点温顺,意志有些软弱。他加入侦探团并非因为他喜欢推理,而是因为市部的强行邀请罢了。

"那么,铃木所谓的凶手,究竟是谁?"

丸山好像一条被吊足了胃口的狗一样,兴致勃勃地问道。这三天来,估计他满脑子都是这件事。

我环视了一圈在场的人,长长地叹了口气,终于下定决心回答道:"铃木告诉我凶手的名字是,上林护。"

"那是谁?"

"爸爸?"

市部的疑问差点盖过上林的惊呼,大家齐齐朝上林看去。

"是真的吗,桑町?铃木真这么说?"

上林用乞求般的眼神看着我。他是我们侦探团中最信任铃木的人。

"嗯,不骗你,我原先并不知道你爸爸的名字。"

"上林的爸爸……可为什么呢?"

像是终于理解了似的,丸山吃惊地眨巴着眼问道。意识到事态严重性的市部则抱着胳膊低着头,甚至连右边的比土也一改她往日冷静的神情,略显惊讶。

"他没有告诉我,只说了既然是侦探团,就自己思考吧。"

"那么你是怎么想的呢?他说的究竟是真是假,想必为了辨别,你这几天一直在抱头苦思吧?"市部眼神认真地向我发问。

"不知道。"我坦率地摇了摇头,"我既不相信他是神明,也不认为他会撒这种无聊的谎言。他应该有什么根据。"

"确实。先不论他是不是神明,铃木不是一个草率的人。"

"我去问问铃木究竟是不是真的!"

上林按捺不住地站了起来,他原本如苹果一样红润的脸色,不知何时已苍白如纸。

"别去,你这样反倒会让谣言传播得更广。"

我慌忙制止他。

铃木身边总是围绕着一群学生,要是惊慌失措的上林就这么冲了进去,必定会遭到围攻。力气姑且不论,他们可比上林牙尖嘴利多了。这样一来,我拜托铃木保密的努力可就付诸东流了,"凶手"的名字将如野火一般燎原千里。

虽然大脑处于一片混乱的状态，但上林也意识到了这点，他紧咬嘴唇，砰地把拳头砸向桌子。

"为什么爸爸会是凶手啊？！"

"铃木说了让我们自己思考对吧？既然如此，我们自己思考不就好了？那就让我们侦探团去判断上林的父亲究竟是不是凶手。"市部用领袖般威严的声音稳住了局面，接着说，"你也是这样想着才去现场的吧？"

"啊？嗯。"

我木着脸点了点头。

"有什么发现吗？"

"没有，我只四处看了看。"

"案发现场是幽灵路吧，难道不是因为幽灵太可怕而立马打道回府了？"

丸山可能只想缓和一下气氛，但我没有那个心情。

"你再说一遍试试！"我一把揪住他的前襟。

丸山先是惊恐地瞪大眼睛，随即带着哭腔说了声"对不起"。

"……也不用那么生气嘛。"

"喂喂，过分了，现在可不是打架的时候。"市部的话使我冷静了下来。

"嗯，对不起。"

我放开手，回到了自己的座位。办公室内陷入一片难堪的气氛之中。

"总而言之，我们现在只有查明铃木所言是否属实，不是吗？"

比土平铺直叙地发表了一个正确的观点。

"是啊。我们久远小侦探团本来就是为此而存在的嘛。"

市部也点点头。话虽如此，迄今为止我们最大的成就也仅是抓到了一个小偷，毫无调查杀人事件的经验。不仅如此，要是被家长或学校知道了，侦探团还将面临被迫解散的危险。况且要是直接去向上林的父亲确认他是否为凶手的话，怕是只会招来一顿痛骂。

"只要用头脑思考就好了。头脑的话，大人小孩都一样。"

"头脑没有年龄之差"，这是市部的口头禅。在"人生经验不足，推理小说来补"的信念之下，市部每天埋头看书。

可我就算去了现场也什么都发现不了、感觉不到、思考不出。对于如此"三不主义"的我来说，推理不是我擅长的领域。市部把我的愁眉苦脸全看在了眼里。

"你属于行动派呢。"

市部苦笑着走近墙壁上的白板，拿起一支记号笔。

"让我们来梳理一下情况。十一天前的下午六点左右，霞丘小学的体育老师——青山孝明，在大雨中途经幽灵路时，被人刺中后背身亡……"市部一面解说，一面一丝不苟地将这些话写在白板上。

"我向霞丘小学的朋友打听了，据说青山老师虽然看起来有些凶，但在学校的人气还不赖。"

接着他在白板上画出了案发现场的地图。看来不知何时，市部也偷偷地去过现场了。那个地图画得非常准确。

"那么,"市部环视了一圈说道,"我们不是警察,掌握不了什么重要的情报,要说能做的,也就是探究一下铃木的说法是否合乎逻辑……目前可以确定的是,这不是一桩冲动性犯罪。凶手预先准备好了菜刀……上林,你家的菜刀有没有不见?"

上林模棱两可地摇了摇头。

"不清楚,因为妈妈不让我碰菜刀,爸爸也不怎么让我进厨房。"

"但如果是有预谋的犯罪,为了不留痕迹,不该带上新菜刀吗?"

比土小声提出了她的疑问。

"这确实是一个疑点。如果犯罪地点是在家里,那么想都不用想。但从路上飞溅的血迹来看,也不可能是在别的地方杀害后搬运至现场。"

市部说完,陷入了长久的沉默。久远小侦探团正准备扬帆远航,谁知刚一出港就面临着触礁的危机。

"或许是既有冲动性又有计划性呢?"

可能是想缓和气氛,丸山用一种半开玩笑的语气说道。

大家只当是他一贯的插科打诨,充耳不闻。然而,我的脑海中却忽然闪现出昨日的光景。

"喂,上林,你爸爸好像工厂停工,经常大白天就喝酒吧?"

"是这样没错啦……"

"会不会是他喝得烂醉后产生了杀机呢?"

"你到底是哪一边的呀？"

上林狠狠地瞪着我，好像我是他爸爸的仇人。不，我就是他爸爸的仇人。他的心情，我感同身受。

"你是哪一边的？"这句话如利刃深深地扎进了我的心里。

我原先是为了确认美旗老师不是凶手才会去向铃木打听真凶的名字。要是铃木弄错了，我将深感不安；但若所言属实，我却也同样痛苦。

我究竟祈望怎样呢？当然，最好的结果莫过于他们谁都不是凶手。但是，如果一定要选一个，我究竟更希望是哪一方呢？

我的内心像是要被撕裂一般。

市部将我的满面戚容看在眼里，说道："在法庭上，检事跟律师也都各执一词。我们站在两个立场上去思考为好。桑町，你要对从铃木那儿问到的消息负起责任，站在追诉的一方。"

"什么责任？"

我虽然语气不逊，但市部的职务分配，却使我略感轻松。

"那我也做检事吧。"比土出乎意料地紧随其后，她的声音清晰冷静，"你一个人面对市部君的话，怕是没什么胜算。我来协助你。"

比土带着一副无关乎友情的表情，淡然叙述道。

"而且，上林君的爸爸是否为真凶姑且不论，美旗老师看起来不像是凶手。"

"是吗？"

"要是杀了人的话，被杀者的怨念会变成黑色的暗影贴附在脸上。美旗老师的脸上，没有这样的东西。"

"别说这么恐怖的话啊。"丸山被吓得缩起了身子，"要是这样的话，让比土看一眼上林的爸爸不是更快吗？"

"喂！"市部一声大吼。

"我们是侦探团，又不是灵异咨询所。这样一来，我们就只能选择相信铃木或者比土了。"

市部对比土的通灵是持否定态度的，恐怕在他的内心深处对铃木也抱有同样的态度。

"那么就由我先开始辩护吧。"市部清了清嗓子说道，"据我所闻，警察更倾向于无差别杀人一说。理由很简单，青山老师那天比往常晚了一个小时回去。这你也知道吧？"

"嗯。"

"这就意味着，如果凶手是有预谋的，那他得在幽灵路埋伏一个小时左右，还要淋着雨。哪怕头上的树遮挡得再好，不见得等得了这么久。而且，你认为当时上林的爸爸是喝醉了酒的，对吧？"

"有什么原因导致非是那天不可？"

我只能含糊地反驳道。因为市部所言甚是，我也真心认同。

"对了！"上林抬高嗓门，"那天，爸爸在家里待到五点多呢。绝对没错……之后我去上补习班，就不清楚了。"

虽然作案时间的不在场证明还不明朗，但在青山本该回去的时候，上林的爸爸还待在家里。这个证言非常有力。

"这样的话，似乎并不是冒雨埋伏。但这次的作案看起来却是有计划的。你总不至于认为上林的父亲是整天拿着菜刀四处转悠的那种人吧？"

"嗯……那么，假设是在那儿约好了见面呢？"

"这也不合理。下雨的时候一般不会约在那儿吧。汽车的话另当别论，但青山老师骑的可是自行车啊。"

不愧是市部，很善于推理。我被说得哑口无言。

比土继而向市部反驳道："那么，就是上林的爸爸知道青山会晚回去。"

"怎么知道，听说是突然加班哦？"

"不是有手机吗？既然都到蓄意谋杀的地步了，两人平常会用手机联系也不奇怪吧？"

这么说来……我转向上林："话说，你爸爸跟青山究竟是什么关系？"

"不知道。"上林摇了摇头，"我也是案件发生以后才知道有青山老师这么一号人。"

上林不认识隔壁小学的老师，这很正常。他看到检事这边——也就是我们——处于不利地位，终于镇静下来，应答比先前清楚爽利了许多。

"那么，青山有没有来过你家，或者有没有因为什么事找过你们？"

"没有，爸爸公司下属之类的倒是来过，学校老师的话……美旗老师偶尔过来下下棋。就这么些。"

有什么东西使我很在意，宛如刚发芽破土的种子，周身包裹着坚硬的外壳，不知究竟为何物。但我感觉自己看到了什么。焦躁感令我全身发抖。

"他会不会错把青山老师当成美旗老师杀了？"

好像是我的代言人一般，比土幽幽地说了这么一句。

"美旗老师每晚都是六点回去的吧，而且两人的体格十分相似。在雨中撑着伞弯腰骑车的话，一般人根本分辨不出来，也通常不会想到这一带还有跟美旗老师差不多的雪男存在。"

"原来如此，有道理。"市部佩服地看向比土，"但遗憾的是，他们回家的方向截然相反。无论体格如何相似，如果是有计划地埋伏，不可能会在这么基本的地方犯错。"市部当即反驳道。

他反应得如此迅捷，似乎早就已经思考过这个可能性，并对其进行了否定。市部的话，完全有可能。

"那地方常有狸猫出没，他可能被狸猫吓了一跳，走到了车道上。因为喝得烂醉，再回去的时候就搞错了方向……"

比土反驳似的补充道。看样子，她并不打算轻易认输。

"……这么说来，我听说路的两边都掉有香烟蒂。"

我想起小夜子的话。如果不是为了寻找最佳位置，而是凶手误以为自己回到了原来的位置。那他就有可能把从东边来的青山老师错当成从西边来的美旗老师给杀害了。

"太荒唐了。"市部猛地摇头。与先前不同，他估计没有推演到这一步。"即将行凶的人，不可能会搞错自己的位置吧。"

我也深有同感。即将行凶的人，怎么可能会因为被狸猫吓了一跳就弄错自己的藏身之处，而且还认错人了呢？即便走到了车道上，也不至于迷失方向吧？

上林护之所以成为凶手，应该还有其他重要的原因。如若不然，铃木的指认就是错误的。但美旗老师的清白是建立在铃木的担保之上。

假设上林护惊慌失措地跑到车道上，发现是狸猫后，松了一口气。这时，有"什么"使他弄错了方向……

"可是，道路两侧都是相仿的风景，因为下雨也没有月亮，应该没有什么标记性的东西，就算弄错了也一点都不奇怪吧？"

比土似乎打算将自己的主张坚持到底。

因为她觉得铃木真的是神明大人？不，不可能。

还是因为她认定美旗老师是无辜的，所以不能中途退却？或许吧。然而，比土的态度十分从容，看起来并没有为自己的坚持感到不安。

难道是为了锻炼市部的推理能力，而故意进行辩驳？这最有可能。她一开始就选择站在检事这边，或许也是出于这个原因。

标记……比土的话扎进了我的心里，同刚才一样。我要如何才能知道这刚萌发的新芽的真面目呢？我紧闭双眼，拼命注视着内心的子叶。

"怎么了，桑町？突然闭上眼，是在模仿名侦探吗？"

我听到市部诧异的声音，即便如此我依旧没有中止思考。

接着我就听到丸山戏谑的声音："难不成是夕阳的霞光太耀眼了？"

光……忽然，两盏路灯掠过我的脑海。案发现场崭新的路灯……如果那两盏路灯是事发当日坏了，事后换上去的……

日光灯一旦用久了就会闪烁不定。假设最初只有一盏路灯忽明忽暗，上林的父亲被狸猫吓到车道上时，恰好那盏闪烁的路灯灭了，继而另一盏路灯开始闪烁。

闪烁的路灯远比亮着或是灭了的路灯更为醒目，凶手怎么也想不到就在刚刚那一瞬间，闪烁的路灯已经完成了交替。假使他以此为标记回到了完全相反的位置……

"这得是怎样的偶然？"市部当即断然否决，他不耐烦地使劲晃了晃肩膀，说道，"不仅跑出来的时候路灯要灭得恰是时候，对面的路灯也必须恰到好处地开始闪烁。这个概率我想只有几万甚至几亿分之一。"

这点我也十分清楚，说到底，这个假设是在绝对信任铃木的基础上构建起来的。

市部意识到自己有点说过头了，轻声对我说了句"抱歉"后，又接着说道："也就是说……要使上林的父亲成为凶手，必须有这些偶然相继发生。"

"确实如此。"

"但是，如果铃木君说的是正确的，那就意味着凶手其实是想杀美旗老师。"

比土轻描淡写地悄声说道，平静地宣告了这个可怕的发现。

"凶手还未达到他的目的，所以美旗老师很有可能再次遇险。"

"话虽如此，那些人是不会相信铃木的。"

市部露出一脸苦相。我跟他的想法一样,因为连我自己都不大相信。

自然,对于是否要提醒美旗老师警惕周遭这件事,我们都很踟蹰。

"那只好由我们保护老师了。"我站起来提议道。

"不行。"市部一口否决。

"你听好了,保护老师就意味着,要每晚六点尾随老师回家,还不被发觉。你觉得,那样的事,我们能每晚坚持吗?"

道理我懂。然而,若铃木所言为真,我们的推理也正确无误,那么美旗老师的生命现在就处于险境之中。我千辛万苦帮老师洗脱了嫌疑,要是他被杀害了那可就一点意义都没有了。

"如果侦探团不行动,我即使一个人也……"

"我不允许你这么做。"市部的眼神极其认真。

"作为你的挚友,我绝对要阻止你,哪怕去跟你的父母打小报告。"

想威胁我吗?当我正要如此反驳时,却看到了市部眼神中超越友情以上的东西。

我僵住了。

我看到一直以来害怕着、躲避着的东西正在浮出水面。我不能再让市部露出这样的眼神……

我只得作罢。

三天以后,上林护以对美旗老师杀人未遂的罪名被逮了个现行。

这次他失手了。警察大概早已觉察到真相，暗中监视着美旗老师和上林护。动机据说是上林护因出轨受到美旗老师的规劝而心生怨恨——美旗老师曾偶然目睹上林护的出轨行径，事后多次劝说他为了上林着想，跟对方分手。

从第二天起，上林便再没来上学。一周以后，他转学了。课外活动时副班主任告诉我，上林搬到外婆家去了。而那一周，美旗老师也始终没来学校。

我们再没收到来自上林的任何消息。

而铃木今天也被学生团团包围着。

CHAPTER 2

第二章

不在场证明的瓦解

1

"凶手是丸山圣子。"

在我——桑町淳的面前,"神明大人"如此宣告道。

和一个月前一样。

屋顶上空空荡荡的,只有我们两个人。现在是休息时间,远远传来运动场上大家踢足球的声音。风吹来附近山丘的落叶,星星点点地散落在水泥地上。这景象令人感到秋深露寒。

"丸山……圣子。"

我没有听说过这个名字,可还是有一股不祥的预感正步步逼近。

"莫非是丸山的家人?"

"对,是丸山一平君的母亲哦。"

"神明大人"即铃木,淡淡地点了点头,平静得好像在回答太阳升起的方向。

我跟丸山虽然不在一个班级,但同为久远小侦探团的成员。他在低年级时与侦探团团长市部同班,是作家仁木悦子的粉丝,并以此为契机加入了久远小侦探团。

丸山家经商已久，他的父亲经营着一家食品批发店，与此同时还担任了市议员一职，据说意欲在这次的大选中晋升为众议院议员。他的母亲既是 PTA 的理事，也是妇女会的会长。

在吾祇市，他们当然属于富人一类。丸山一平虽然有时会展露出有钱人的自高自傲，但并不怎么惹人嫌。

我没有那么讨厌他。

而且，他的父亲在当地颇具势力，能迅速掌握侦探团所需的情报。刚才我问铃木的杀人事件的快报，也是丸山拿来的。

福兮祸所伏。这句话突然浮现在了我的脑海中。

"为了让我来问你，铃木你是不是使用了什么超能力？"

"怎么可能，我怎么会那么做？"

铃木快活地笑了，那笑容看起来不夹杂丝毫心机，爽朗而又明亮。这笑容同样俘获了班里众多的女生，乃至为其成立了亲卫队。

"不是吗？一个月前刚发生了那样的事情，现在又……"

九月末的时候，我向铃木打听了某个杀人事件的凶手。因为班主任美旗老师被怀疑是最重大的嫌疑人，而我对此一筹莫展。当时从铃木口中说出的凶手名字是我的朋友，同为侦探团成员的上林泰二的父亲。

此前，铃木曾展现出他的一鳞半爪，受到班级里大多同学的认可与追捧。然而即便真如铃木所言，最初我仍无法相信上林的父亲是凶手。

但现实是残酷的，它罔顾我跟其他团员内心的纠葛。数日后，上林的父亲就作为杀人犯被警察逮捕了。警察并不是盲目听信了铃木的话语,他们压根就不知道铃木是谁。警察循着自身的搜查线索,最终确定上林的父亲才是杀人凶手。

之后,上林转学去了母亲老家,我们甚至都没有告别。

而现在,铃木再一次指出团员丸山的母亲是杀人事件的凶手。不,"指出"这个词可能有些不妥,这位"全知全能的神明"只是陈述了事实而已。

我抓着眼前的救命稻草,可理性依旧令我踟蹰。

总之,在这个人口不过数万的小城市里,杀人事件接二连三地发生,这本身就够罕见了。而两个杀人事件的犯人居然都是我朋友的亲人,这也太不同寻常了。

"倘若如此,听起来像是我的能力并非用在让你来问我这件小事上,而是让丸山的母亲去杀人了。"

面对铃木冷静的反驳,我一时茫然不知所措,继而问道:"是这样吗?"

"怎么可能?"铃木再一次笑着否认,"我是为了寻求刺激才来这个世界玩的,自编自演一点都不刺激。"

这个解释令人似懂非懂。既然全知全能的话,那就应该无关乎自编自演。他知晓一切即将发生的事情,所以对他来说,根本就没有什么刺激可言。未来发生的事情作为神明的预言,从古至今,历来为人们所珍重。

"所谓的'全知',只是意味着想知道就能知道,我也可以故意闭上眼睛啊。骑自行车时闭上双眼,这你也能做到吧。只是人们通常畏惧于闭眼后发生的交通事故，所以才不这样做而已，就跟这一样。不同的是，我即便闭上眼睛也不会产生什么实际危害。所以我现在闭着眼睛过日子呢。"

此前他也为"无聊"而做过类似的说明，重点是神明的心血来潮。

我并不完全相信铃木说的话，哪怕见过几个实例，哪怕上个月听了铃木的凶手宣言。但他确实拥有某种看穿事实的特殊能力，这是我们所不具备的，虽不知是推理能力还是远视能力。

与众多创造奇迹并受到尊崇的神明一样，铃木只是拥有普通人所没有的能力僭称为"神"而已。此时此刻，我不再考虑划清神明与超能力者之间的界限，因为以我的头脑根本想不过来，而且现在也不是时候。至少神明必须得到人的承认才能成为神明，我不称铃木为神明，那么他就不是神明。当然，他也不是个普通人。

但是他所指出的凶手名字却令人觉得所言无虚。在这一方面，铃木确实具有与神明比肩的能力。

不可思议，我居然开始逐渐信任铃木。

我决定把铃木的话只告诉市部一人。市部始是我从幼儿园时就认识的青梅竹马，现任久远小侦探团团长。最早把侦探团组织起来的就是市部。

市部只要除却这个热衷于推理小说热衷到建立侦探团的古怪癖好，就是一个文武双全的优等生。他的领导能力同样很强，虽然才五年级，就已被选为儿童会的书记。因此，老师和会长都对他印象甚佳，甚至把空闲时间的办公室借给他，作为久远小侦探团的总部。

照这个形势，要是市部的颜值再高一些的话，估计能成为和铃木比肩的校园明星。但遗憾的是，上天似乎专为神明空出了这个位置。

丸山母亲的事情我也可以当作没有听闻，藏于心间。但唯有他，我没有自信可以一直隐瞒下去。上回的事，我也是立马被他看穿的。既然如此，我不如先说为好。

今天没有侦探团的集会，所以一放学我就赶紧叫住市部，将这件事和盘托出。市部似乎也从我下午上课时的神色上隐约有所察觉。

"果然如此吗……"

空无一人的儿童会办公室里，市部深深地叹了口气。

"铃木真的指认丸山的母亲是凶手吗？啊，抱歉，我不是在怀疑你，我只是无法相信啊。"

"我也一样。铃木说是丸山圣子，不过，我并不知道丸山妈妈的名字叫什么。"

"这对得上。我以前听到过我妈妈叫她圣子夫人……但是桑町你为什么要去跟铃木打听？上次你已经为此吃尽苦头，如果总是依赖铃木的能力，侦探团存在的意义不就没有了吗？"

市部噘起厚厚的嘴唇，表情扭曲，一脸索然。他有所不满也是理所应当，因为他对这个案件颇感兴趣，正打算逾越学生的本分，以侦探团的身份展开调查。

"……因为狗被杀了。"我略低着头回答道。

"狗？"

被杀害的是住在附近的一位名叫上津里子的女性，年过五旬，报纸上写着五十五岁。自从四年前丈夫去世以来，她一直独自生活在空旷的家中。儿子和媳妇在大阪工作，只在盂兰盆节和正月的时候才回家。

就在一个星期以前，里子被人勒死了，房间被翻得一片狼藉，财物失窃。警方目前正从怨恨以及盗窃两方面着手展开调查。

里子为了排遣独居的寂寞，三年前养了一条名为喜六的豆柴。或许因为里子被杀时它狂吠不止，因此喜六也被打死在旁，客厅的地毯上溅满了喜六的鲜血。勒死里子的绳索与殴打喜六的钝器好像都被凶手拿走了，至今未见。

"……那是我捡到的狗，是我救回来的黄豆粉。"

三年前，我跟朋友新堂小夜子一起出去玩。回来的路上，我听到河堤的草丛中传来非常微弱的叫声，气若游丝、声若蚊蝇形容的就是这样的声音。音量很小，小到几乎要被潺潺的流水声掩盖。

那是三月初，周围的山上尚残留着积雪。

我循着断断续续的声音拨开草丛寻找，最终看到一个铺了毛毯的纸板箱，里面是被抛弃的黄豆粉——一只刚出生不久的豆柴。它好像还什么都没有吃过，身体十分虚弱，眼睛半闭，毛色脏得像一条用旧了的抹布。它的生命之火眼看就要熄灭。

第二章 不在场证明的瓦解

我赶紧把它带回了家,那时候我的名字还叫"纯"。

"我想救这条狗。"

我的请求遭到了妈妈的强烈反对,当时她还在这个家中,支撑着这个家。她对宠物的毛发过敏,小夜子家也说不行。

可如果就这么弃之不顾,它一定会衰竭而死。当时的我无法把已然拯救的生命决绝地抛弃。纵使它能侥幸存活下来,也马上会被保健所捉去。

在爸爸的斡旋下,妈妈终于答应我可以在家里照顾它,直到它体力恢复。外面很冷,所以从那天晚上开始我就把它带进房间,养在床边。它的毛色比一般的柴犬都要黄得多,因此我给它取名为黄豆粉。

最初的两天,黄豆粉只是小声叫唤,拼命蜷缩身体,一副谁都不能接近的架势。我想它应该还不能吃固体食物,就倒了牛奶给它,但它也不怎么吃,甚至看都不看我一眼。

在学校里,我四处向朋友打听喂养和照顾狗狗的方法,打破自己的储蓄罐给它买狗粮,这时我才知道原来狗是不喝牛奶的。一切我都亲力亲为,唯有去医院的时候拜托了爸爸。

皇天不负有心人,黄豆粉半闭的眼睛全部睁开了,叫声也变得精神。刚开始必须用手送到嘴边的食物,慢慢也能自己吃了。最为重要的是,它消除了对我的警戒心,逐渐跟我亲近起来。敞开心扉的黄豆粉同我寸步不离,一直以来的壁垒消失无踪。它的眼神里闪烁着温暖的光芒。

那一段时期,母亲一次都没有走进过我的房间,也不愿靠近衣服上沾了黄豆粉体毛的我。当然，脸上更是毫无笑容。

小夜子每天都来查看情况，不仅如此，她还想方设法地帮忙寻找愿意领养黄豆粉的人。在我捡到黄豆粉的第十天，黄豆粉恢复到和普通小狗一样健康的状态，我们也找到了愿意领养它的人家，那便是上津家。

就在半个月前，里子养了许久的爱犬因为犬心丝虫病而去世了。那是一条大型犬，但考虑蚊虫以及自己的体力，这一次里子希望养一条室内小型犬。

我跟里子仅在交接黄豆粉的时候见过一面。因为怕黄豆粉对我日久生情，徒增伤感，在妈妈与里子的威压之下，我只得答应不再见黄豆粉。对于已然产生感情的我来说，这是一个痛苦的约定，但是如果有两个主人，想必黄豆粉也会左右为难。再者，它的名字也已经不是黄豆粉了。如所承诺的，此后我再也没有去见过黄豆粉，也没有做过暗中观望的妥协之举。

但这绝不意味着我把黄豆粉遗忘了，至今，黄豆粉的相片还摆放在我的桌子上。

里子对黄豆粉似乎是一见钟情，后来听别人说她对黄豆粉宠爱有加，我安下心来，想道，真是给它找了一户好人家呢。

因此，黄豆粉被卷入杀人事件的消息，在我听来无异于晴天霹雳。

"这么说来，我以前听说你捡到过一条狗，就是那条吗？"

我想起那时商量的同学里，市部也是其中之一。

"嗯，它本来应该过着幸福的生活，没想到会变成这样。我很震惊,所以才不由自主地跑去问了铃木。抱歉。"

大错已铸,道歉也为时已晚。铃木的话深深印刻在了我的心上。

"那么,你告诉丸山了吗?"

市部冷静地问道。我摇摇头。

"那就这样放任不管?"

"别刁难我了,市部,如果是你,你会怎么做?"

我知道,我是在逃避责任。听到这样的问题,市部作为侦探团的团长估计会主动承担起一切。而这一切,无异于体现了我对他的依赖。

"如果是我,我会去查明真伪。"

不出所料,市部宽容地把手伸向了我。我一时踟蹰,不知是否该握住他的手。坦白实情之后,市部的提议对于我来说简直是一件天大的好事,可这也意味着会将市部卷入苦恼之中。

然而市部主动用力握住我的手,说道:"既然已经听到了,就不能中途退缩。我们去调查一下。我本来考虑着如果警方搜查时间延长,我就着手调查。所以,你也别想逃避。"

"我本来就不打算逃避。"我气鼓鼓地回答道。

当晚,市部打来电话,我们决定第二天前往现场。

2

周六下午，当我来到约定地点时，发现市部身边还跟着比土。比土的装扮与往常一样，哥特式萝莉风，但看起来比平时更为华丽而有女人味。许是因为身上佩戴了学校禁止的首饰，衣服本身看起来也比以往高级。今天的比土，宛如来约会一般。

"约会"这个用语未必失之偏颇，因为比土自诩为市部"未来的恋人"。虽然同是侦探团的团员，比土入团却不是因为对推理小说感兴趣，而单纯是因为市部在团内罢了。她现在似乎还处于单相思的阶段，但看市部，也一副模棱两可的样子。

然而，"未来的恋人"这种宛若隔了一层磨砂玻璃般的说法，却也最为直白地展现了她与我们普通人在对待事情的态度方面存在一定的偏差，即所谓的不可思议少女。

比土肤色白皙，是纯正的和式容貌，漆黑的长发直垂到肩胛骨附近，刘海剪得整整齐齐，宛若菊花人偶，看得出她自己也在塑造一个通灵少女的形象。所以无论她如何吵嚷着"未来的恋人"，我都不觉得她有什么世俗的风情韵致。但是当我看到她今天这一副像是行将去往电影院或迪士尼的充满女人味的打扮，不禁觉得自己必须得对她有所改观了。

我惊诧地看向市部。

"抱歉，被发现了。"

市部一脸苦涩地对我说。

"这次的'祭品'是谁呢？"

从市部背后传来比土的轻声询问。

果然如此，比土的洞察力仍然十分敏锐。

我缄默不语。

"是丸山君吧。"

比土说道，展现出她过人的聪颖。上个月，上林退团后，我们只剩下四个团员。现在这里有三个人，也就意味着剩下的那个只能是丸山。如果比土的家人被怀疑了，那么市部一定会坚决拒绝与她同行。

"祭品吗……真是巧妙的表达。"

我在呼啸而过的秋风中竖起衣领，点头说道。既然比土已经来了，也已为她所察觉，我就没有必要再隐瞒下去。

"比土，你觉得铃木跟这个案件有关系吗？比如，故意让我们搜查案件，或者故意制造与我们有关联的案件。"

"没有，"比土左右摇头道，"我从他的身上感觉不到恶意。"

虽然我不清楚比土的眼力有多准确，但她的感觉跟我如出一辙。顺带一说，她似乎跟我一样，认为铃木是拥有某种特殊能力的人。

"但是，为什么我们要如此大费周章地去调查？明明放着不管就好啦。你就这么在意他的话吗？凡人就算挣扎反抗，最后也不过是卷入其中，走向穷途末路。"

比土黝黑而锐利的眼睛盯着我，看来她对于我把市部牵扯其中大为不满。

在意……或许确实如此。即便弄清是非黑白，我能到手的怕是只有一张通往不幸的单程车票。我一时语塞。

"是我主动提出来的。"市部从中调和，"我想确认那家伙说的是不是真的。"

接着市部向我们说明了情况。市部打电话给我是周五晚上，他在听到铃木的话后，就对案件进行了一些调查，并了解到丸山的母亲确实存在作案动机。

被害人上津里子和丸山家，从被害人过世的丈夫和丸山家的祖父那一代开始就有生意往来，以前两家的关系很要好。

丸山的母亲现在三十三岁，和里子的岁数相差如母女。结婚时，因婆婆已然去世，里子就像婆婆一般给新婚夫妇提出意见和建议。当时丸山的母亲也非常乖顺地听从了。

可这对"婆媳"的蜜月期并没有持续太久。五年前，两人围绕丸山的教育问题产生了分歧。虽说是长辈，但里子既非圣子的亲生母亲，亦非丸山家的人。大吵一架之后，两人就进入了冷战状态。不过即便如此，里子的丈夫尚在人世时，两家之间的嫌隙并未公之于众。可是在第二年，里子的丈夫因罹患癌症而病倒，住院了半年左右后就溘然长逝了。

丈夫去世后，两家之间就逐渐没有生意往来了。里子明显遭到了丸山家的冷落疏远，这使里子大为恼火。她兴许是觉得丸山家过河拆桥，冷血绝情。

自那以后，无论身处何地，里子似乎都在说丸山母亲的坏话。大概一个月前开始，里子四处宣扬丸山母亲与丸山的班主任有染。丸山的父亲要参加这次的众议院选举，传言不管有无根据，这种丑闻将会是致命的。

故而，警方当初也将丸山的母亲纳入嫌疑人的范围之内。不过，丸山母亲的嫌疑很快就洗清了，因为她拥有决定性的不在场证明。

"被害人遇害大概是在晚上八点到九点之间，而那段时间，丸山的母亲正在妇女会的聚会上与人会面。那次来的正好是我家。"

市部面无表情地淡然说明道。

"从我家到案发现场，走路要花三十分钟，骑自行车要花十五分钟，即便是汽车也得开十分钟。因为很多都是小路，汽车根本提不上速度。所以无论怎么去，往返至少也要二十分钟。丸山的母亲在八点前驾车来到我家，一直待到十点多，中间似乎并没有长时间离开过位子。家里不仅有我妈妈，还有妇女会的四名干事。虽然大家都喝了些酒，但如果近半个小时都不见人影，想必大家都会有所察觉。我在二楼自己的房间并不直接知晓这些，但汽车驶来和驶离的时候我还是目睹了的。她们把酒言欢，兴致很高，走的时候唧唧呱呱很吵闹。所以她的不在场证明应该是无懈可击的。"

"既然如此,这就意味着铃木君弄错了。那我们为什么来这里?"

比土微微歪着头,问了一个和昨晚的我问过的相似的问题。

"根据验尸解剖的结果,里子的死亡时间推定为晚上七点到九点。光凭这点的话,丸山的母亲也有可能是犯人……不过,有人目击到被害人八点买完东西回家,因而作案的时间范围就缩小了。如果相信铃木的话,那么这个证词就是有误的。"

市部给出了同样的回答。

"也就是说,你大费周章地想证明铃木是对的?那也意味着丸山的妈妈是凶手。你希望发生和上林君那时一样的事情吗?"

她不是冲着市部,而是冲着我问道,恐怕比土认为是我挑唆煽动了市部。她这样说也不是完全没有道理,因为是我向铃木打听真凶,起了这个头。

"因为不公平……在我看来不该把上林与丸山区别对待。"

"同上林君一样,你也打算把丸山君逼入绝境吗?"

"……但是,就上次的结果而言,铃木是对的。"

"这次你也觉得他是对的?"

我不由自主别过眼去。上回也是这样,为了证明铃木所说的正确性,最终演变成了同伴转学的结局。但那绝不是我所希望的。归根结底,我并不相信铃木的全知全能,可表现得却像是全面肯定他的言行与能力一般。而擅长感知,能够察觉铃木特异性的比土,明明才应该处于和铃木更相近的立场上。

"在这里争执也无济于事,目前我还是半信半疑。不管我们信不信铃木的话，它都将支配我们。可但凡能证明一次他是错的，我们就可以从那家伙的咒缚中解脱出来，这是多么意义非凡的事，比土你也明白吧？所以我们要思考。如果反复推演后确定丸山的母亲不可能是凶手，那么也就意味着铃木的话是错的。"

市部居中调停道。他没有意识到使我跟比土对立的根本原因并不是铃木，而是他自己。

话虽如此，但他要是敏锐地觉察到了那也很麻烦。

"既然市部君都说到这个地步了……不过你要再哭鼻子我可不管哦。"

比土有些寂然地收起了她的长矛。

上林悄无声息地转学后半个月，市部曾呆呆地注视着侦探团本部里的空位子愣神，好像上林还在那里一样。他驼着背，一改往日形象，似乎深感自己的无能为力。而当时，比土自然是离他最近的。

总而言之，我们决定先去市部家从长计议。那是作案期间丸山母亲曾待过的重要场所，无可回避。

距上次去市部家已时隔两年左右。从前，我常常到他家玩。

这期间，房屋周围的布局发生了很大变化。市部说，这里有了一块可以停车的空地，我刚听到时并没有领会，直到看到市部家边上变成了一片杂草丛生的荒地。

"这里被拆掉了。听说好像是祖母去世后，这家人围绕财产继承问题产生了纠纷，就把土地卖了，所以这儿半年前成了空地。

在找到买主之前,可以随便使用。使用的不只我家,还有对面店里的客人。"

我看过去,对面有一家新开的酱菜店。

"居然开了这么一家店。"

"嗯,去年开的。"

"不过,在这样的住宅区,买的人不会很多吧?"

"哪里呀,有人特意从很远的地方赶过来买呢。说什么这些酱菜都是用郊外自家农田里的作物腌渍出来的,还说什么无农药之类的。后来这家店的生意好得不得了,热闹极了,为了不扰民六点就得关门。以前都是开到八点左右的。其中,他们的藠头广受好评,连邻市的客人都专程过来。我不喜欢藠头,经常买腌萝卜。那也很好吃,虽然只是颗萝卜。"

"我也讨厌藠头。"

"我倒是蛮喜欢的。"

比土突然插嘴道。有关这个地方以前的事情,比土因为说不上话,脸上有些怏怏不乐。然而即便如此,比土一跨入市部家,就表现出与她一贯不符的紧张。看样子她是第一次来。

"欢迎光临。小淳,真是好久不见啊,旁边的小姑娘是?"

市部的母亲从里面迎出来,同以前一样爽朗地跟我打招呼。她的脸跟市部很像,算不上美女,但却是一位如向日葵般阳光的母亲。我的母亲则只有脸长得好看,在性格上却是个丑女。我多么希望她能跟我的母亲互换。

"我是比土优子,跟市部关系一直很好。"比土的举止有些怪异，她似乎打定主意绝不会把"未来的恋人"什么的说出来。当然啦，因为此前她曾在我们面前公开说过，"之所以是未来，是因为我要等市部整容完"。做母亲的听到这样的话，对她的印象一定好不到哪儿去。

"小淳你要像以前一样过来玩哦。"

"好的。"我做了一个最为稳妥的回答，仍隐隐感到比土嫉妒的小刺在扎我。我想太抢风头也不好，就后退一步，把市部旁边的位置让给了比土。

"那我们去二楼我的房间吧。"

"你好好收拾过了吧，市部？"

"收拾过啦。"市部不耐烦地回答。

"我待会儿给你们拿果汁过去哦。"

"不用了，反正你净说些多余的话，饮料我自己会拿的。"

市部的母亲一面微笑着连声答应，一面往里走去。这光景跟两年前别无二致，和睦安详。

在上二楼前，我们趁市部母亲不注意，偷偷去看了一眼举行集会的房间。那是一个富丽堂皇的西式房间，里面有大大的桌子和长长的沙发，非常惬意安适。对于五六个人起哄撒欢是最合适不过的。

全屋没有死角，只有一扇门通往走廊。从房间出去时必然会引起他人的注意，不可能悄然消失近三十分钟。

看完房间后，我们迅速上了二楼。要是被发现，遭到盘问那可麻烦了。

时隔两年，市部房间的装饰有了很大的变化。这两年间，市部成熟了很多。我记得以前屋子里摆放陈列着的是一些动画呀游戏这类更为孩子气的玩具。

"这是切斯特顿①，这是克里斯宾②。还有这边是威廉·鲍威尔③，这是他在电影中饰演万斯时的剧照。"

市部雀跃地向我们一张一张介绍黑白海报上的人物。

我不经意地往边上一看，发现比土正在专心致志地检视四周。她好像要把这一切都拍入胸前的银板一般，仔细地一一检视着屋里的家具和海报。我不是不能理解她的心情，只是她的行为多少令人觉得有些后脊发凉。

"有看到什么吗？"我半打趣地问道。

"多余的情思。"

比土小声回答。她似乎对自己说出口的这个答案颇为不满。

我们在房间里制订了一个大致的计划后，便决定赶赴现场。我们在市部房间停留的时间很短，短到他的母亲都来不及拿来果汁。

因为市部并不打算久留，他只想飞速商量完，尽快前往上津家。

在久远小学的学区里，有两个片区尚保存着带有城下町时代遗风的旧宅邸。它们分别是侍町与吴服町，里面的房屋年代久远，

---

① 英国作家。译者注。
② 英国推理作家。译者注。
③ 美国电影演员。译者注。

气势恢宏，一栋接着一栋。案发现场上津里子的家便位于侍町一隅。侍町，正如町名所示，上津家为武士出身，曾在藩内担任要务，家世煊赫，自然也就有些心高气傲。里子虽然是从邻县嫁过来的，但娘家似乎也属豪门大户。

另一个吴服町则为商人之町，是丸山家的所在地。

"想不到她居然会愿意收留黄豆粉，这样的家世，我还以为连宠物都讲究品种与血统呢。"

市部抬头看着与雪白围墙相连的药医门[①]，喃喃自语。

桧木门紧闭，从缝隙里隐约可以窥见里面的情形，里面寂寥无人。两天前还在这里主持葬礼的儿子和儿媳妇似乎又回到了大阪。

"可能她其实是个好人呢。"

我跟里子只在交接黄豆粉时见过一面，此后，为了压抑自己的情感，我如约没有再走近侍町。我记得那时候里子眯起眼睛温柔地抚摸着黄豆粉的脑袋，这一幕令我感到安心，我觉得她一定会好好照顾黄豆粉。

"谁知道呢？"市部却颇有些不赞同，"我也听到别人说她有大小姐脾气，性格执拗，相当任性。"

市部所言与我对里子的印象大相径庭。鉴于她在四年间犹如洒水器一般四处散播丸山母亲的坏话，恐怕市部的评价才是中肯的。真是可怕的妄念。虽然我同丸山母亲素不相识，但无论她性格如何，想必都无法忍受被人传播与班主任有染的流言吧，何况

---

① 由四根柱子与山形屋顶构成的大门样式。原本用于官家和武家府邸的正门，后来也用作医家大门。

对方还是一个二十来岁的英俊教师，这也让流言的可信度超乎寻常。里子对黄豆粉的柔情，许是由于不久前继丈夫之后，爱犬也离她而去的缘故。

我颇为挂心的是，不知她的儿子儿媳妇有没有为黄豆粉，不，喜六也举行葬礼呢？只要立一个小小的卒塔婆就够了。希望他们能怜悯这条伴随主人而去的小狗。然而，透过缝隙，我环视了一圈院子，视线所及之处并未发现类似的东西。

我想，它一定是在里子的墓地里被一起吊唁了。

根据市部所言，凶手是从后门旁边翻墙而入的。侍町大概由三家构成一区，上津家位于最右端。沿着右侧的小路蜿蜒进去后，还要拐入一条更窄小且未经铺设的小径才到。路灯只在远处有，哪怕是白天，这里都有些昏暗，到晚上更是一片漆黑。

宅前的传统漆墙到了后面就变为了篱笆，高度也下降不少，凶手趁着夜色潜入屋内想必易如反掌。许是对乡下比较放心，里子虽然独自生活，但在安保问题上却毫不设防。

原本从高度比较低的屋后看去应该是比较容易看见屋内的情景的，可杂木和仓库遮挡了视线，完全看不到主屋。这座宅邸对于一介女流来说可能太大了，前院有打理过的痕迹，后院则处于放任自流的状态。

后门紧锁，锁是崭新的，但从这里到主屋的小路上，似乎残留着脚印被擦掉的痕迹。

"果然从屋后也还是看不清吗？"一直踮着脚尖想往里面看的市部急得直跺脚。

第二章 不在场证明的瓦解

"喂,你们几个,哪家的孩子啊?"

一位散步路过的白发老人,举起拐杖对我们喊道。他枯瘦的脸皱皱巴巴的,看起来很固执。

"看热闹的话就回去,这不是你们该看的。"

市部却毫不畏惧,叫了一声"老伯伯",并问道:"这一带,晚上行人很少吗?"

"这不是显而易见的吗?不管屋前家后,清静是这儿唯一的优点。不过敢这么落落大方地向我提问,后生可畏啊。最近的小孩都这样吗?"

老人饶有兴味地眯起眼。市部见有机可乘,继续问道:"因为最近不太平啊,大人又总把重要的情报隐瞒起来,我们也得自己收集信息。"

市部满嘴谎话。

"我听说有人晚上八点在上津夫人家门口看到她买完东西回来。这个时间对于做晚饭来说是不是太晚了些?"

"你们居然连这种消息都知道,真是一群不可小觑的好事小鬼啊。"

老人嘴上这么说,可脸上却一下子笑容满面。

"听说丈夫生病住院那时候,她从医院回来后就会自己做晚饭,这个习惯一直保持至今。我也是案件发生后从目击者那儿听说的,据称他们俩当时正在去文化中心的路上,所以只是简单地打了个招呼。但他们明确地说那就是里子夫人,自行车的前车篮里还放着装了蔬菜的环保袋。一想到那是她留给世人的最后的身影，我就不胜感慨。"

里子当时骑着自行车从二十分钟路程远的超市买完东西回来。这家超市的有机蔬菜颇负盛名，虽然位置稍稍有些远，但里子似乎经常在此处采购食材。超市的监控摄像机也拍下了七点半左右里子购买洋葱、胡萝卜和化妆用品的身影。里子没有什么别的爱好，似乎只专注于食材与传播谣言。她靠这两者填补独居的寂寞。

"辛辛苦苦做好了饭，还没吃上一口就死了。据说锅里做好的咖喱连碰都没碰。"

"好像是这样。"这也是市部所掌握的情报。我曾听市部说过。

尸体是在第二天早上七点左右被发现的，当时厨房里的燃气灶上放着原封未动的咖喱。咖喱已经做好，砧板呀刀具呀之类的烹饪用品都收拾得整整齐齐、干干净净。

"电饭锅里的饭也已经煮好了吧。"

市部抛出自己已知的信息。当时电饭锅里煮着两合白米饭，为了焖蒸得更好，还有用饭勺搅拌过的痕迹。虽然不是玛丽·塞勒斯特号[①]，但厨房里是一种马上就能吃饭的状态。

"电饭锅处于保温状态，并且液晶屏幕还显示着饭煮好后的保温时间。被发现时，已经过了十个小时三十分钟。如果凶手没有做什么手脚，那就意味着锅里的饭是在八点三十分以后被人用饭勺搅拌的。咖喱是用咖喱酱做出来的，很简单，只要三十分钟

[①] 于1872年11月7日从纽约离开航向热那亚，装载着贸易用的酒水。被发现时这些已经变质的酒精仍在船上，所有船长跟船员的私人物品也皆完好地摆放着，但船长与船员们从此人间蒸发，没有人再见过他们。译者注。

就能完成。也就是说,直到八点三十分左右,被害人还活着。"

"真是个不得了的孩子呢。"老人好像被吸引住了,"不过,还不仅仅是这样,里子夫人的遇害时间也很明确。晚上九点的时候,里子家的狗突然吠叫了起来,那时正好是九点新闻开始的时间。这条狗养在室内,平时就算叫也没有那么大声,大概是因为开着窗。然而,几秒钟之后吠叫声就戛然而止了,那仅以关窗为由是说不通的。"

"您知道得真详细。"市部好像也是第一次听说这个消息。

"那当然,我可是亲耳听到的,我家就在那儿。"

老伯伯举起骨节嶙峋的手,指向一旁同样气派的宅邸。

"我听得很清楚,后来听说那条狗也被杀害了,我才恍然大悟。想是那狗因为凶手闯入而狂吠不止,然后被打死了。"

"这些你对警察说了吗?"

"当然说了,那些人很感谢我的证词呢。"

老人得意地说,垂下满是皱纹的眼角。

"也就是说作案时间是在九点左右吗?"

九点,妇女会的宴会也正处于高潮。市部当初推测里子是在七点到八点之间遇害,那样的话,丸山母亲的不在场证明就不成立了。但就目前看来,无论是八点还是八点半,丸山的母亲都没有作案时间。我们非但没有接近真相,反倒渐行渐远了。

"另外,你知道这个消息吗?"看到市部陷入沉思,老人似乎愈发起劲儿,继续说道,"听说有人在九点二十分左右看到一个人影从后门离开了。目击者是住在山坡下小区里的一个上班族,从车站回来时总抄这条近道。他早上也从这条路过，发现后门半开着，从而联想到昨晚的事，为保险起见就去上班途经的派出所报案了。唉，凶手大概是在九点潜入屋子，杀害了里子夫人后，又在家中搜罗了二十分钟左右吧。"

"这么说，发现上津夫人尸体的是警察吗？"市部惊讶地抬起头。

"嗯，就是那边派出所的警察，是个相当可靠的年轻人。有一次我买了很多书，在那儿犯愁的时候，他二话不说直接接过我两手上的书袋，帮我提回了家。另一个警察则是在今年春天刚来的，我不是很了解。"

市部听完，毫不掩饰他失望的表情。

如果发现者是普通人，还能像这位老人一样，多少打听点什么信息出来。可要是警察的话，那就没戏了。别说是告诉我们，估计会立马联系家长和学校吧。

"谢谢你，老伯伯。"

市部道谢完，我也微微鞠了个躬。虽然丸山母亲的不在场证明越来越坚如磐石了，但知晓这些原本未知的信息也算是值得高兴的事情吧。

"嗯，虽然我说了这么多，但小孩子还是做些小孩子该做的事为好，比如玩迷你四驱车之类的。我孙子在上中学前，老是跟我吵着要买新零件呢。"

老人望向远方，满目怀念。

我们作别了老人。

3

我缓缓打开儿童会办公室的门。

今天是久远小侦探团的集会日,除了市部和比土,丸山也已经来了。

我们之间的关系正在经历某种异变,而处于这个旋涡中心的当事人丸山,却对此毫不知情。他无忧无虑地跟市部聊着一些漫无边际的话题,比如今年的新人奖什么的。看到我进去,又立刻把话题转移到了案件上。

市部当然没有告诉丸山我们去过现场,但他早先就公开表明过要着手调查这个案件,所以丸山也搜集了很多情报。他迫不及待地想把知道的信息告诉我们,但在全员到齐前又不得不忍耐。这时,他带着一脸解放的表情,开始了述说。

丸山想必自己也知道,他的母亲有很强烈的杀人动机,可与此同时他也知晓,他的母亲有着铁壁般不可撼动的不在场证明。因此,出于一种事不关己的好奇心,丸山娓娓陈述了他所探听到的消息。

平时一副扑克脸的比土和自制力很强的市部暂且不论,我为了不让丸山察觉自己内心的波澜，拼尽了全力。

喜六的叫声以及尸体发现的经过——与我们周六从老人那儿听说的别无二致——说完这些之后，丸山开始讲述我们所未知的新情报。

据说事发当晚，上津家到过一个快递，快递员按了门铃，可没人出来，从门缝间望进去，可以看到一楼亮着灯，窗帘是拉着的，而刚才还隐约可闻的电视机的声音却突然消失了。

快递员以为对方是假装不在家。里子大概是嫌麻烦，在雨天或者夜里，她有时会假装不在家。快递员只能把快递原封不动地再拿回去，据说那时是八点五十分。顺带一说，快递物品是一个网购的榨汁机。

依快递员所言，里子在八点五十分之前应该还活着。若果真如此，丸山母亲的不在场证明就更加稳固了。

另外，警察好像在追捕被害人的侄子。听说这个侄子是里子弟弟的次子，出席完里子的葬礼后第二天就不知所终了。

这个侄子是所谓的浪荡子弟，经常不告而别，成天在外寻欢作乐。这些其实都无关紧要，可问题在于他的游乐资金。因为寻欢作乐他早已债台高筑，跟父母形同陌路。最近他似乎是为了讨要一些游乐资金才死乞白赖地找到里子这儿。警察认为是他杀害了拒绝其要求的里子，并抢走了钱财。

由于银行破产和股价下跌，里子手头似乎持有一大笔压箱底的现金，而这笔钱现在被偷得精光。

虽然并非出于本意，但基于铃木所言，这些信息在我们看来毫无意义。现场唯有丸山一个人讲得兴致盎然。

"说不定在我们介入之前，凶手很快就会被警方逮捕。"

丸山有些扭捏地自得道。不过警察的动向，我们普通人根本不可能知道，因为那是机密。

由于今天有家庭教师要来，丸山转达完这些内容就早早回去了。他表面上一副为了给我们透露情报才到这儿来的模样，但内心似乎已经认定这是他的使命，离开的时候显得甚为满足。

"明天见。"

我压抑着自己的情感，对门口的丸山说道。

之后，我垂下了视线。

"有没有可能关掉电视机的不是里子，而是凶手？"

丸山离开后，沉思许久的市部对我说道。

"如果是凶手，就有理由假装不在家，甚至顾及外面的情况，进而关闭电视机。"

"那为什么狗不叫呢？"比土先我一步提出异议，"根据证言，狗吠叫遇袭是在九点的时候吧？"

"如果只相差十分钟，也有可能是其中一方弄错了时间。"

"快递员因为是工作，一定会准确地记录下时间。这样的话，就意味着听到狗叫的老伯伯弄错了。可那个老伯伯又说到那时正好赶上九点新闻开播，而且感觉他也并不糊涂，可以相信。"

"是啊……而且就算是凶手关掉了电视机，情况也不会有什么改变吧？"

075

市部垂头丧气地说。一改往日自信满满的姿态，他现在显得垂头丧气。

八点，有人在里子家门前看到了她；

八点三十分，电饭锅里的饭煮好，并且留有用饭勺搅拌的痕迹；

八点五十分，快递员注意到电视机里的声音消失了；

九点，有人听到喜六吠叫起来，尔后又戛然而止。

与之相对，丸山的母亲则在市部家从八点一直待到十点多。

警方推断的死亡时间是在晚上七点到九点之间，丸山母亲可能作案的时间仅局限于晚上七点到八点之间。

如若要推翻丸山母亲的不在场证明，我们需要打破太多的壁垒。

说到底，八点时有人曾明确见到了里子，这已是一个无法改变的事实。市部对此也很清楚，他脸上的表情渐渐严峻起来。

"凭我的力量恐怕无法打破目前的壁垒。"

"如果宴会正酣，少了一个人应该很难发觉吧？"

我急忙跟上说。在一部非常著名的作品里，好像有这样一个故事——有人在打牌时偷偷溜出去杀人。这是玩大富豪时丸山讲给我们听的，当时市部还责备丸山剧透。

"我问过好多遍了，害得我爸妈都对我起疑心了。"

市部对此显得一筹莫展。

"我妈妈说，丸山的母亲在其间一共离席过两次。一次是去卫生间，还有一次是她想起从栃木县带回来的特产葫芦干还放在车上，所以出去到外面的车里拿。不过每一次离席都不过几分钟，甚至都没有超过十分钟。"

"摩托车呢？你之前说路很窄，开车都要花上些时间，骑自行车的话需要十五分钟，开汽车的话需要十分钟，那如果是灵活机动的摩托车或者轻骑，是不是会比汽车能更快地往返呢？"

"可能是可能……但丸山妈妈是开汽车来的。纵使她预先带了摩托车过来，刚才也已经说了，她都没有离开超过十分钟，要在两三分钟内往返总归是不可能的。"

市部摇了摇头，露出绝望的表情。

我充满了罪恶感，都是因为我问了铃木，之后还把事情全甩到了市部身上，他才陷入了如此的苦恼之中。

不同于上林那时，这次我并不感到心焦如焚。若如铃木所言，丸山的母亲真是凶手，我也只能老实接受。如若所言有误，我也会感到高兴，仅此而已。这或许是因为我跟上林与丸山的交往程度不同。

连我自己都觉得自己是一个冷漠的人。

于市部而言，这两人同为朋友，都是必须保护的存在吧，他深深的苦恼说明了一切。假如我的父亲被指认为凶手的话，市部应该也会同样苦恼。

对，同样。

只要去问铃木，问题就能迎刃而解。这犹如恶魔般的诱惑折磨着我。

全知全能的他，当然连丸山母亲是怎么行凶的都了如指掌。如果他不能回答，即证明他在撒谎。

"对此进行调查的应该是侦探团吧。"上林那回被他这么说着避开了。但那次是因为犯罪动机不明，而非犯罪无法实行，可这次却是物理上的不可能。

上津里子遇害时，丸山的母亲正与妇女会的成员一起待在市部家中。

市部出于自尊心，似乎打算再搜查一下。我却觉得问铃木不仅快捷，且为正途。因为混乱的原因就在于铃木。

但与此同时，这也意味着对市部的背叛。

午间休息时，我停下将要搭在铃木肩上的手。可为时已晚。铃木已经回过头来。

我的右手悬停在半空中徘徊不定，不知该如何是好。

"没，没什么。"我转过身去。

"像之前那样去屋顶吗？"铃木轻松愉快地问道，就像相约去垃圾场丢垃圾一样。

我一时不知所措。

想来这还是铃木第一次主动邀请我。向铃木打听消息时，一直都是我带着他出去，因为铃木总不舍得使用自己的能力，认为"如果神明插手干预就不有趣了"，所以要是我不主动去问的话，他是不会告诉我的。

四天前，我曾为了黄豆粉强拉着他的胳膊上了屋顶。

我不经意地四下一看，发现那些包围着铃木的女生正瞪着我，特别是领头的龟山千春，她正在用充满嫉妒的眼神看着我。她是班里仅次于小夜子的美女，只是性格刁钻，属于女王型。我不擅长应付她，总觉得她有点像我的妈妈。

铃木在班里很有人缘，八面玲珑。他几乎没有主动邀请过女生，这次他能主动邀约我可以说是相当罕见了。

我跟铃木搭话其实不算罕见，而且当时我也没怎么在意女生们的视线。可为什么一旦情况有稍许改变，我就如此动摇呢？我对自己感到很生气。

铃木似乎对周围的一切都感到很有趣，他强行抓住了我的手，我像被押送刑场的犯人一样，被铃木拉着带去了屋顶。

阳光和煦温暖，一如四天之前。
"你是来问我丸山圣子是怎么作案行凶的吧？"
我没有回答。
"你真的想我告诉你吗？"
"不，不用了。"
事到如今，左右摇摆不定的天平指针一下子朝市部的方向摆去。我盯着铃木，断然拒绝了。

铃木满意地点了点头，说道："那就好，本来我就不打算告诉你。"

"虽然你一脸通情达理地点着头，但既然身为神明，我的回答想必你早就知道吧。"

"不，未来的信息都被我屏蔽了。我之前也说过，要是知晓一切的话，就不能享乐人生了。"

"既无生又无死的神明，怎么可能享受人生？"

"你说得也太刻薄了，要是惹怒了神明，后果可是很恐怖的。"

"你不是不干涉这个世界吗？"

"确实。"不知道哪一点逗到了他，铃木捧腹大笑，"嗯，当我告诉你凶手的时候，其实就已经在干涉了。神明要是连这点特权都没有的话，那可太无聊了。当神明其实也很痛苦啊。"

"你这个骗子。"

我再次对铃木怒目而视，作为唯一绝对的神明，是不可能产生痛苦之类的情感的。

"神明不是不说谎吗？"

"我可不说谎，所以我说痛苦就是痛苦。但不是桑町君你认为的痛苦，我说的痛苦就是对痛苦的定义。"铃木坦然回击。

"这么说的话，'不说谎'本身的定义不也会变吗？"

"就是这么回事。只要我想，什么都能改变，甚至包括你的过去。"

铃木不着边际地喃喃自语道。我当作没有听到最后那句话。

"请告诉我一件事，当然，不告诉我也没关系。"

"你果然还是想知道跟案件相关的情报吗？"他黑白分明的眼睛斜睨着我。

"那个侦探团会调查……我想知道的是，我们能否找到令自己满意的答案。"

"问得真拐弯抹角，不过你的心情我可以理解。"

"这是理所当然的吧，神明不加斟酌就可以把我们凡人的心思看得一清二楚。"

"哈哈哈，好吧，我告诉你，完全有可能。"

我安下心来。看样子即便我们会陷入人际关系的泥沼，也不会再继续陷入思考的泥沼。本来我们的人际关系早已产生异变，总比两边都陷入要好。

铃木应该不会说谎。

总之，我决定相信"神明"。

4

与谜团解决之前的苦恼相比,谜团的解决却总轻易得叫人大失所望。

"我想到一件事。"

翌日,我们在儿童会办公室召开了临时集会,座位上没有丸山的身影。我们没有叫他,因为今天是家庭教师去他家的日子。

"不过请不要误会,我并非绝对相信铃木的话,也不是非要把丸山的母亲变成凶手。"

市部依次把脸转向比土与我,作了如上的开场白。市部逐字逐句地说着,更像是在说给他自己听。

他将两手撑在桌上,脸色阴郁,缓缓地开始解说:"我试着逆向思考了一下,就像桑町你们之前做的那样。如果丸山的母亲是凶手这个事实不可动摇,那么她究竟是如何实现杀人的?"

市部转身在背后的白板上画起时间线来。

"首先是晚上八点。被害人在这个时间点确实还活着。如果证人只是一个人,那他有可能在说谎,也有可能认错了人,但证人有两个。

"然后是八点三十分。电饭锅里的饭已经煮好,并用饭勺搅拌过了。我们虽然没有确凿的证据可以证明这是里子本人做的,但凶手没有理由这么做。不过如果只是搅拌,在被发现之前,保温期间的任何时候都可能。

"接着是八点五十分。快递员听到电视机声音消失,认为里子是假装不在家,但他并没有见到本人。

"重要的是后面发生的事。九点时,喜六开始吠叫继而很快就停止了。室内有被翻动过的痕迹。九点二十分,有人目击到一个可疑的身影从后门离开。不同于上述证言,这个身影我们认为是凶手而不是被害人。也就是说凶手至少在从九点到九点二十分的这一段时间内是待在上津宅邸里的。如果丸山的母亲是凶手,也就意味着她要离开我家四十分钟。觥筹交错之间即便记忆有些模糊,但离席这么久终究是不可能的。

"也就是说,如果丸山的母亲不是凶手,那么潜入上津宅邸的就另有他人。"

市部带着深深的黑眼圈为我们作了说明。他昨晚一定辗转反侧、彻夜未眠。

"潜入者是那个传言是纨绔子弟的侄子吧?"

比土敏锐地轻声说道。市部用力地点了点头。

"只能这样想。还有一点很重要,如果丸山的母亲是凶手,那么里子的侄子就不是,他没有杀害里子。然而,里子也绝不可能一声不吭地看着自己的爱犬被人杀死,钱财遭人掠夺。也就是说,侄子潜入时分,或是里子已然死亡,或是外出不在家。"

市部满脸倦容，可眼睛却熠熠发光，声音中气十足。我放下心来默默地倾听市部的解说。

"既然丸山的母亲不可能离席超过十分钟，九点时，上津家中就不可能出现尸体。要有的话，那就只有一个可能，八点时被目击到的人并不是里子。但这也不可能，也就是说，在侄子潜入家中的时候，里子并不在家。"

"做完咖喱煮完饭，一口都没吃就出家门了，还是说突然被丸山君的母亲叫了出去？"

比土微微晃动着她亮丽的长发，歪头问道。

"假使是被叫出去的，手机或电话里应该留有通话记录。如果留下来了，警方应该会更多地怀疑丸山的母亲。"

"那么，两人是事先约好了见面？"

市部摇了摇头："马上要出门了还做饭，这不合情理，而且约在我家门前碰面本身就够奇怪了。就算丸山的母亲制订好了谋杀计划主动邀请，即将被杀的里子想必也不会接受吧。恐怕是丸山的母亲去车里拿特产的那几分钟把里子杀害了。不过她究竟是怎么知道里子来到我家门前了呢？就像刚才所说的那样，如果是手机通知的，总会留下记录。"

"按照市部君的说法，被害人好像没有任何理由会去你家。"

"嗯，没有任何理由。"市部坦率地承认，接着他说道，"但如果丸山的母亲是凶手，那就只能认为里子是在我家边上的空地被杀害的。可我家跟里子没有任何交集，她也不太像是来见丸山母亲的……可能里子的目的地本来就不是我家，而是对面的酱菜店。因为那儿的薤头很有名。

"我们可不可以这样考虑,里子正要吃咖喱时突然发现家里没有薤头了,于是就跑到那儿去买。而就在她把自行车停放在我家边上时,恰好遇上了出来拿特产的丸山的母亲,两人起了争执,最终里子被杀,凶器估计就是特产葫芦干。丸山的母亲喝了些酒,也许有点失去理智了,之后她就暂时把里子的尸体塞进了汽车的后备厢里,等宴会结束后,再将尸体运至里子家中,自行车应该也是趁着夜深人静时运回去的。一切皆源于偶然,或者说,只有这样才能解释为什么丸山的母亲为此次案件的凶手。"

"骑自行车要十五分钟呢,里子会只为买个薤头而专程赶过来吗?况且那时酱菜店已经关门了吧?"我问道。

这个问题市部似乎早已预先想到,他有些生气地立即反驳道:"她连咖喱里的配菜都不嫌路远,特意去买了有机蔬菜,对薤头比较讲究也不奇怪。咖喱的话,哪怕冷了再加热一下也一点问题都没有。另外,里子是众口相传的大小姐脾气,但凡她想买的东西,哪怕店已经关门了,不买到是决计不会罢休的。"

有了事先的斟酌考量,市部所言听起来颇为合理。

"但是,"这次是比土,她用清澈的眼神看着市部问道,"里子对快递员假装不在家是八点五十分吧,再骑自行车来到市部君家的话,不是得九点多了?"

对此,市部突然一改之前的态度,变得模棱两可起来:"嗯,只剩这个谜团了。可能是某个既非凶手也不是侄子的人潜入里子家里后并假装不在家,但至今也没有发现这样一个人。如果是她儿子，想来也已经向警方提供了证词，而喜六想必也受训过，不会去碰遥控器，因此，八点五十分电视机的声音突然消失应该不是狗狗的恶作剧。"

市部的语气消极沮丧，跟刚才展开强力推理的他判若两人。

"会不会是电视机声音自己消失了呢？"

看到那样的市部，我感到十分担忧，本来这次已经决定了默默关注事态的演变，却不禁将自己的想法脱口而出。

"既然丸山的母亲是凶手，那个时间点里子应该不在家。如此的话我们就只能考虑电视机声音消失的其他原因了。买蕌头至多不过三十分钟，或许里子任由电视机开着就出门了。那栋房子没有保安，晚上开着电视机出门也可能是为了安全起见，这样就会显得自己家里有人在。不过，如果出门前看的节目是用录像机提前录下来，再通过磁带机观看的外部影像，可能恰好在有快递上门时出现播放结束，进而声音消失的情况。"

"啊，可能是这样。"

不知为何，市部的脸上露出了悲伤的表情。

对于我提供的援助，他并不欣喜。

"这样一来，就没有证据证明丸山的母亲不是凶手了。"

这句话令我意识到，是我推了他一把。

黄豆粉按到遥控器的情况其实也很有可能发生，因为黄豆粉的受训情况市部应该并不知晓。之所以将之"否定"，难道不是因为市部想通过留下疑点，最终否定此次案件是丸山母亲所为吗？

恐怕这是市部理性与感性最后的妥协点。然而，我却把这最后一个漏洞填上了。

难道说，我们必须再次经历痛苦的别离吗？

我无法正视市部，不由自主地低下了头。

"不是你的错，是我引导出来的。"

临走时，市部在我耳边低语道。

我感到眼眶一阵发热。

翌日，嫌疑人就被逮捕了，是里子的侄子。

他因为典当赃物而暴露了身份，被警察当场逮捕。侄子承认偷盗钱财及虐杀狗的行为，但却坚决否认杀害了里子。

然而警察、媒体和社会群众都不相信盗贼的狡辩之词。据说他不久就会被检察机关作为强盗杀人犯起诉。

当然，丸山圣子没有被逮捕，丸山至今还在久远小侦探团，他的父亲宣布将参加明年的众议院选举。

无论是市部还是比土，他们对待丸山的态度，都与以前无异，我也是。即便有些隐约的不自然，想必丸山也不会察觉。丸山是无辜的，但……

如果那个时候，我没有向铃木询问杀害里子的凶手，而是询问杀害黄豆粉的凶手的话，我们或许就不会如此苦恼。那时候我没好意思向铃木询问杀害狗狗的凶手，觉得那太幼稚了，因此就说了里子的名字。

我为此感到十分后悔。

但如果我问的是杀害黄豆粉的凶手,铃木是否同样会告诉我呢?

　　他想必会避而不答吧。

　　对于百无聊赖的"神明"来说,那将是索然无趣的展开。

CHAPTER 3

第三章

**通往水库的
漫漫长路**

1

"凶手是美旗进。"

在我——桑町淳的面前,"神明大人"如此宣告道。

与上两回一样,他的语气若无其事又理所当然,好像在告诉我理科小测试里一道最简单的题目答案。这态度与铃木的自我设定——神明所言即为真相,形成鲜明对比。或许对于铃木来说,这种事并不值得大惊小怪,他对自己的能力颇为自负。

可我还是忍不住反问道:"真的是美旗老师吗?"班主任美旗老师居然被指认为杀人凶手,还是被一个学生指认的。

"不过话说回来,你怎么能对老师直呼其名?"

"我是在陈述杀人凶手的名字,为此不得不保证准确,不然累及其他无关的'美旗老师'那就不好了。"

铃木镇静自若地回答,脸上的表情让人恨得牙痒痒。

铃木是神明大人。他本人是如此自称的,虽然也有像我这般满腹狐疑,或全然不当一回事的人,但大多数人对此都笃信不疑,特别是女生。

铃木为我们展示过几个奇迹，我不得不承认兴许他真的拥有某种力量。我虽然丝毫不相信铃木是神明，但估计他是什么超能力者。一个比普通人感知力稍强，僭称为神的超能力者。

有人会说，拥有超越人类能力的那不就是神明吗？但我认为，只要能力有界限就不能称之为神明。比如我根本不相信铃木今后还会存活数百年，也不相信他所夸夸其谈的千变万化的能力。实际上，假使我真让铃木变身给我看，估计他也只会敷衍地搪塞道："为什么我要证明给你看？实证之类的是弱者才做的谄媚行为。"活脱脱一个巧舌如簧的超能力者。

然而，他确实具有某种探寻真相的力量。正因如此，我才避开那些铃木的崇拜者，偷偷把他叫到了屋顶上。

"真的是美旗老师吗？"

我既无法相信，也不愿相信。话虽如此，铃木说出美旗老师的名字，却也在意料之中。因为美旗老师是这次事件的嫌犯之一。

遭到杀害的是美旗老师的恋人。

事件发生于周日晚上，被害人尸体被发现的时间则是在周一早上。午休时，有几个刑警模样的男人去了教师办公室。而我们得知这件事是在放学以后。

美旗老师平时是骑自行车上下班的，但在休息日，他似乎常开着高级汽车与恋人一起优雅地兜风，这两者间的反差非常巨大。听说美旗老师实际上酷爱汽车，他一面过着俭朴的生活，一面勤勤恳恳地还着车贷。确实，上课时一旦触及汽车的话题，美旗老师就两眼放光，滔滔不绝。

第三章　通往水库的漫漫长路

从第二天起，美旗老师就请假没有来学校了。这期间，我寝食难安，满脑子都在思考一个问题——美旗老师真的是凶手吗？

美旗老师的年龄在二十五岁左右，他认真负责、温柔细致。他在学生时代是柔道的重量级选手，现在则晃动着近两米的巨大身躯给我们上课。他虽然外表肖似棕熊，内心却温柔细致，对于在班中常显得落落寡合的我，总是倍加关注。我被大家孤立是自作自受，但因之令美旗老师劳心费神，我还是觉得很过意不去。我无法忘记美旗老师轻拍我后背的巨大手掌，一不留神就沉溺于他的善意之中。

案发后，我马上想过去向自诩神明的铃木询问犯人是谁，但又担心他真的说出美旗老师的名字。为此我心乱如麻，始终无法下定决心。

幸好美旗老师似乎只是因为不堪痛失恋人的打击而休息了几天。周五时，他带着一脸脆弱的表情出现在了我们面前。

"抱歉让你们担心了。"

其实这次事件中受伤最深的明明是美旗老师，可他一开口最先说的却是对我们的歉意。他的声音无力而疲惫，因缺乏睡眠眼圈发黑。经验丰富的柔道巨汉，在那天看起来比平时小了一圈，乃至两圈。

据"消息通"丸山说，美旗老师已洗脱了嫌疑，所以才再次站上了讲台。而美旗老师之所以能在短短数日内自证清白，一是因为还另有一个有力的嫌疑人，二是因为美旗老师本身有不在场证明。事实上，刑警模样的男人在周一以后就再也没有在学校出现过，对丑闻相当敏感的PTA成员也对美旗老师的复职不置一词。

第二周的周一，看到美旗老师仍照常来了学校，我悬着的心终于放了下来，以为应该没事了。但为保险起见，我选择向铃木打听这次案件的真凶，得到的却是这样的回答。

常言道，求教乃一时之羞，不问乃永世之耻。可这次求教却铸成了我终身的错误。

我当然希望能像第一次问铃木凶手名字时那样，从铃木那里得知别人的名字。美旗老师卷入杀人事件，这已是第二次。上一回随着真凶被缉拿归案，真相大白，美旗老师是被冤枉的。然而，类似事件接二连三地发生，总有些家伙四处散布贬低美旗老师的流言。有一小部分家长还向学校打来投诉电话，要求美旗老师在真凶被逮捕之前居家静候。

对于已然失去恋人的美旗老师，我们本该体谅同情，但意想不到的是铃木指认美旗老师为此次案件的杀人凶手。

"难以置信，不是说美旗老师有确凿的不在场证明吗？"

丸山曾一再向我们打包票，警方已经断定美旗老师是清白的。

"你是在揶揄我吧？上回你还说凶手是丸山的母亲呢。"

铃木一脸坦然地说道："上次你们不是调查过我所说的真伪吗？调查的结果是，你这次又来问我了。事先声明，神明不会揶揄他人，也不会用玩笑蒙混过关，因为神明与人的立场有着根本的不同。再者，要是你坚信美旗老师不是凶手，你为什么又来问我呢？说到底，你还是对他有所怀疑吧？"

"不是，是因为有人太多嘴了。"

"这可真奇怪。即便你知道了真相，也堵不住悠悠众口。要想堵住他们的嘴，还得是警察逮捕真正的凶手之后。你只是想要我这个神明的担保吧？既然如此，你又为什么不相信我的话呢？"

铃木问道。他的目光像是洞悉了一切，语气中含有不容分说的力量。令我懊恼不甘的是，我竟然无言以对。我的智慧与阅历都还远远不够。

"你的心眼真坏。"我怒视着他说道。

可铃木微微耸了耸肩，说道："坏心眼的不是我，是现实，你只不过是在寻求一个投己所好的回答罢了。既然如此，你就不要想着知道真相，而应该拜托我把未来变成你所希望的模样。当然，我半点儿也不想插手你的任性。"

"身为神明，却做不到吗？"

铃木并不理会我的挑衅："我只是不想而已。对于我自己创造的世界，我为什么要特意去干涉和改变呢？是想说明我的初始设定里有缺陷吗？这不可能，我是完美的，所以我创造的世界也是无瑕的，而我对这个世界没有任何不满。"

"仅仅是预言的话，凡人也可能做得到。"

超能力者即使可以窥探过去与未来，也无法对未来加以改变，能做到这一点的唯有真正的神明。

"那么假使我改变了未来，使之成为你所希望的，你会相信我所说的吗？估计你只会怀疑原本的世界就是如此，认为我只是一个巧言令色、满嘴谎话的骗子而已吧。"

我答不上来，他的诡辩我听过很多次，但每次我都无从辩驳。

"我差不多要回去了，别人拜托我午休的时候帮忙踢足球的。"

我们文武双全的"神明大人"，像是要把我推开一般从我身边走过，直至下了楼梯，消失不见。

不一会儿，我听到操场那边传来了他们的欢呼声。

"铃木说，美旗老师是凶手。"

放学后，我来到办公室向市部坦白，客观看来，可能更像是哭诉。因为连我自己都没有否认铃木的自信。

市部是他自发组织的久远小侦探团的团长，亦是我的发小。他学识出众，体育也不错，还有领导才能，三者兼备几近完美。唯一的缺憾是容姿欠佳，缺乏华丽的外表。因此，在人气方面，他远落后于转校生铃木。

当然，市部本人似乎完全不在乎这种浮夸的人气。他要是真在意别人的看法，就压根不会成立什么明显带有宅男风格的侦探团了。

市部在儿童会担任书记一职，由于这个关系，儿童会办公室在其空闲时间里，被默许作为久远小侦探团的总部。也因此，儿童会办公室的门上始终没有挂起"久远小侦探团"的牌子。

"是老师吗……"

出乎意料的是，市部听到这个消息居然哑然语塞。看来这个消息对市部的打击比我想象的还要大。

市部也许是从我的表情中觉察到了什么，他说道："从上两次的事情来看，铃木并非完全在说谎，但我们也不能认为他所说的就是真相。丸山母亲那回，凶手也有可能是那个人。"市部皱着眉头，一脸犯难地解释道，"当初听到美旗老师有不在场证明时我着实松了一口气，但既然铃木指认了，或许美旗老师的不在场证明也存在破绽。"

不可思议的是，市部似乎对铃木也有了些许信任，相信他并不是完全的骗子。与此同时，他又带着些想极力否定的执着。他经常对我说"不要相信铃木的话"。

"总之，我待会儿假装不经意地问问丸山，美旗老师是否真的有不在场证明。如果有，又是怎么样的不在场证明。我们可以在此基础上思考。"

"那我呢？"

"桑町你心里有什么事情都写在脸上，还是不在的好。另外，这件事情千万不要告诉丸山和比土。比土姑且不说，丸山很相信铃木，要是让他知道铃木指认美旗老师为凶手，他一定会对美旗老师起疑心的。美旗老师不管再怎么温柔，如果知道我们在怀疑他，想必心里也会不悦的。"

"嗯，是的。"

"还有——"市部像烦人的邻居大婶一样补充嘱咐道，"桑町你绝对不能单独行动，再怎么说，这是实实在在的杀人事件。"

"我知道了。"

既然跟市部坦白了，我理应听从他的指示，我不情不愿地点了点头。何况，没有丸山那儿的消息，我也无从行动。不同于之前的案子，案发现场是一个必须开车才能抵达的地方。

"桑町，你对此是怎么想的呢？"市部用比刚才更低沉的声音向我询问道。

"我？你指什么？"

"你认为美旗老师是凶手吗？"

市部的语气十分认真，认真得我连连摇头："当然不！所以我才想帮美旗老师洗脱嫌疑的。"

"就算你这么说，可警方都没有怀疑美旗老师，也就谈不上洗脱嫌疑，还是说你想向铃木洗脱？"

"……我想倒不如说是向我自己，只有证明了绝对不可能是美旗老师，我才心安理得。日后回想起来，才能无忧无虑，笑着说那时候差点被铃木骗了。如果就现在这样，我总觉得如鲠在喉，无法释怀。"

我知道自己这样的说法很无理取闹，是我问铃木在先，可怀疑的念头却仿佛恶魔一般悄然潜入我的心间，我必须弄个水落石出，不留一丝阴霾。如若不然，恐怕今后我都无法再正视美旗老师的脸。

"那就好。"市部微笑着说道，"看来桑町还没有完全受到铃木的荼毒。"

"当然啦。"

这时，丸山一平进来了，我和市部之间的谈话暂且搁下。

大概是从充盈在室内的潮湿空气中觉察到了些许异样，丸山用茫然的眼神看着我跟市部的脸。

2

第二天的午休时间，我和市部一同坐在昏暗的儿童会办公室里。今天因为有儿童会的会议，侦探团活动暂停，但那是放学后的事，午休时间基本上不会有人使用这儿——这是侦探团背着丸山和比土进行的非常规活动。

"昨晚，我问过丸山了。"我一进去，就听到市部对我说。他拿出记事本，哗啦哗啦地开始翻页。

"被杀害的是一名二十六岁的女性，叫榊原英美理，在隔壁丹原市的一家公司上班。"

丹原市距离这里大概三十分钟的车程。以前通往那里的只有翻山越岭的羊肠小道，五年前则铺设了带有漂亮的隧道和双向两车道的公路，往来两地的公交车也变成一个小时三趟。

与此同时，两市从几年前开始传出合并的消息，但就市政府设在何地的问题争执不下，尔后双方一直处于僵持状态。虽然道路变漂亮了，人员往来变频繁了，但旧有居民的自尊心依然如故。

"听说她跟美旗老师是在两年前由双方共同的朋友介绍认识的，开始交往则是在一年以前。"

这种程度的情报我也早有耳闻，但为不打断市部，我便默默点头听着。

"一周前的周一上午十点，有人发现了她的尸体。尸体漂浮在丹原市山中一个叫赤口水库的大型治水水库的水面上，发现者是附近的一名老人。被害人的两只脚的脚腕上绑着绳子，似乎是被人绑着石头之类的重物丢进去的，但发现时绳子的另一端只余一个线圈，其他什么都没有。可能是绳子绑得太松了，上面的重物在尸体落进水库的瞬间掉了下来。"

据市部说，水库位于深山之中，平时鲜少有人涉足。那天山脚下的这位老人牵着狗散步至此。老人说他一个月里会有两三次走得比平时远，会去到水库那里。因此，事与愿违，尸体在凶手行凶的第二天早上就被发现了。

被害人的死因是后脑勺受创而引起的脑挫伤，不过脑后只留下了些许伤痕，无法判断究竟是用钝器击打，还是把头用力撞向墙壁所致。然而从大脑的状态来看，被害人应该当场就死亡了。

"根据搜查结果，最先受到怀疑的人是美旗老师，警方对美旗老师进行了调查。接着受到怀疑的人是与被害人同样住在丹原市的石桥大三。他是一个三十五岁左右的上班族，上班地点就在被害人公司附近，半年前开始和被害人交往。也就是说被害人脚踏两条船。案发后，无论美旗老师还是石桥似乎都对此感到吃惊不已。"

"美旗老师真可怜。"我不禁喃喃自语。居然对那样温柔的美旗老师脚踏两条船……

"虽然不至于认为她罪有应得,但却是有些自作自受。美旗老师不来学校,除却恋人被杀害的打击外,遭到背叛也是一个要因。"

"与外表截然相反,美旗老师其实是一个很单纯的人。"

"再有,被害人是外省人,一个人住在丹原市的出租公寓,另外也找不出什么人有要杀害她的强烈动机,因此嫌疑人锁定在美旗老师与石桥二人之中。石桥无法提供不在场证明,相反地,美旗老师则有着非常确凿的不在场证明。"

话题终于渐入核心,我紧张得正襟危坐,市部像是有所察觉又像是一无所察的样子,慢条斯理地翻看着记事本。

"根据司法解剖的结果,警方已经明确被害人的死亡时间是在前一天晚上的七点到第二天早上的十点。另外,遇害时,被害人的两眼都戴着一次性软性隐形眼镜,从镜片干燥的情况来看,被害人被扔进水库的时间应该是死亡后一到两个小时之间。"

"怎么说?"

"在睁着眼睛的状态下死亡的话,泪腺停止分泌后,镜片会逐渐干燥。而被扔进水库后,水库里的湖水则会再次湿润镜片,就好像用热水泡发裙带菜一样。可是,镜片一旦干燥,就无法再完全恢复原状。根据镜片变形的程度判断得出,镜片从开始干燥到再次浸入水中,间隔了一个小时以上。"

"是吗……也就是说被害人遇害后,大概过了一个小时才被运至抛尸现场的吗?"

虽然不清楚这跟不在场证明有什么关系,但我还是确认道。

"唔，这个嘛……"市部也有些说不准，"晚上八点的时候，有人在上户的十字路口目击到被害人，目击者说被害人当时正驾车驶向水库方向。"

"怎么回事？"

上户路口是一个非常偏僻的地方，不管离这儿，还是离丹原市中心都有三十分钟左右的车程，周围几乎全是梯田与树林，沿路散落着些许农家。那条路很狭窄，我只有在去摘葡萄的路上坐父母的车途经过一次。摘葡萄的地方在离水库不到一千米的地方，从上户十字路口到水库只有这一条路。

"被害人常去家边上的一家餐厅，目击者是在那家餐厅工作的一名中年女性，据说那天她因为亲戚的事情来到上户地区。开车的是她丈夫，他们办完事之后回去，晚上八点在上户路口等红绿灯时，看到被害人驾驶的小汽车从眼前由左至右，朝着水库的方向横穿而过。虽然只是一闪而过，但根据看到的侧脸，再加上衣服也是被害人常穿的那件，目击者说车上的人是榊原英美理，不会有错的。不过到底有什么事非要那个时候去水库不可，这让目击者感到很在意，因而她清晰地记得随后传入耳中的八点开始的广播声。目击者的丈夫因为抽烟正好低下头所以没有看到被害人的车，但他清楚地记得妻子惊讶地喃喃说着'刚才，我看到榊原……'以及随后传来的广播声。"

"所以遇害时间就确定了吗？但有没有可能是长得很像的人？"

"从概率上说是有可能的，不过现在也不是摘葡萄的季节，

第三章　通往水库的漫漫长路

长着跟被害人酷似的脸，穿着相仿的衣服，却跟案件毫无关系的女性在案发时间前后前往案发现场，一般不大可能吧？"

"嗯，也是。"

"在最初，这个证词对美旗老师非常不利。想必你也知道，去往水库有两条路线。一条从上户出发，另一条则从丹原出发走山路，这两条路线在水库前汇合。从丹原经由上户前往水库需要一个小时的车程，但如果走山路，只要四十五分钟就够了，而且那条道路还比较宽阔，所以丹原市的人无论去水库还是去摘葡萄，通常都会走山路。反之，吾祇市的人去水库时，经由丹原市需要花一小时十五分钟的时间，而经由上户则一个小时就够了，也就是说，选择经由上户的路线，意味着凶手很有可能是从吾祇市出发的。而美旗老师住在吾祇，石桥住在丹原。根据这些信息，我们会更自然地认为被害人白天去了吾祇市美旗老师那里，之后由于某种原因又去往了水库。"

"不过她也有可能是跟石桥来吾祇市玩呢？如果同车的是美旗老师，他坐在副驾驶的位置上，那么庞大的身躯，即便从驾驶位那边看过来，也能看到美旗老师的身影吧？"

"嗯，美旗老师已经有不在场证明了，所以现在考虑的是被害人是跟石桥两人来的吾祇市。不过关于同车的人，目击者说她没有看得那么清楚。因为仅仅是一瞬间的事，何况又是晚上，开车时也不会开车内的灯，她也只是凭借着路口街灯的亮光，看清了眼前一闪而过的被害人而已。"市部似乎早有准备，连记事本都没有翻看就回答了我的问题。

103

不愧是市部，滴水不漏。

"并且，多亏了这个目击证词，美旗老师的不在场证明才得以成立。桑町你还得感谢这个目击者呢。"

"是的，你快告诉我那个所谓的不在场证明吧。"我一面在心中的一隅寻找着"安心"这个词，一面急不可待地催促道。

"如我刚才所说，被害人是在死亡一个小时后被抛尸水库的。假如被害人是在水库遇害的，她抵达水库的时间最早也要晚上八点三十分，那么被扔进水库的时间则应该在九点三十分以后。从那儿返回被害人生前居住的公寓附近的停车场需要四十五分钟。因为被害人的车钥匙不在遗体的包里，而是在公寓房间被发现的，所以我们可以认为是凶手把车开回去的。凶手企图通过沉尸水库来营造一个失踪的假象，因而特意把车钥匙放回房间。总而言之，做完这些已经十点十五分了。还完车后，从最近的公交车站搭乘公交车返回吾衹市至少需要四十五分钟，也就是十一点。即便坐出租车也需要至少三十分钟，所以如果美旗老师是凶手，那他回到自己的公寓最早的时间也要在十点四十五分左右。"

市部一边在室内的白板上写着简图与时间，一边跟我解释说明道。

"被害人的车放回停车场了吧？"

"嗯，通往水库的道路一直铺设到水库岸边，所以没留下什么轮胎的痕迹。另外，除了车钥匙，被害人所有的东西都在包里。接着是美旗老师的不在场证明，九点四十五分时，大学时的学长正在美旗老师的公寓做客。"

"九点四十五分！"

因为铃木宣称美旗老师是凶手，我早已做好心理准备，心想，哪怕是不在场证明，也不过是要点小聪明就能解决的十分钟、二十分钟而已，可没想到居然相差有一个小时，这个时间甚至足以往返丹原市了。

"那位学长的证词可信吗？"

"可信度较一般人以上吧，毕竟对方是在职警察。"

"原来是警察啊。"

我有些诧异，但转念一想，柔道部的学长成为警察也不稀奇。说起来，美旗老师在课堂上跟我们闲聊家常时，也曾多次提到过一个比自己年长一岁的警察前辈。什么对方虽然身形比自己矮小，但他无论如何都赢不了，什么对方总是拿着酒瓶毫无预兆地不请自来，而且一进门就支使美旗老师"去买点下酒菜来"，真是令人又好气又好笑。

像是从我的反应中察觉到了什么，市部接着说道："嗯，那个晚上，学长好像也是拿着酒瓶，没有提前告知就不请自来了。他说如果贸然联系，会被美旗老师以有事为由拒之门外。当晚，他在美旗老师屋里喝了两个小时左右的酒，在午夜十二点前回去了。不过话说回来，这个学长的工作态度是非常认真负责的，广受好评，警察局里的人对他的证词深信不疑。"

"美旗老师说他总是被打发去采买东西。"

在那段时间里，说不定能做点手脚。

"据说买东西去的是就近的超市，路程不到十分钟，因为超市十点打烊，美旗老师买了一大堆贴着半价标签的卖剩下的熟食制品。这位学长似乎对酒很挑，但对下酒菜却无所谓。"

无懈可击，这些消息想必也是从丸山那儿打听来的。总之，外出采购的时间都不足半小时的话，恐怕也不存在不在场证明的骗局。

"不过，那位前辈真的可信吗？不怕一万，就怕万一。"

从目前已知的情况考虑，不管有意无意，把时间弄错一个小时也不是没有可能……话虽如此，这使美旗老师由白转黑的言行还是令我心下一沉。

"就像刚才说的，超市十点打烊，所以十点以后就算学长来了也买不了东西。何况半价标签上还印着那家超市的名字跟日期呢，就算两人想统一口径，那也是不可能的。"市部离开白板，站到我面前说道，"本来这个不在场证明就建立于两个巨大的偶然之上。一是翌日上午老人在遛狗时发现了被害人的尸体，从而得以把死亡时间的推定范围缩小至七点到十点之间。那地方有时数日都无人经过，要是尸体几天后才被发现的话，死亡推定时间的跨度会更大，也可能认为美旗老师是在学长回去之后再行凶的。毕竟凶手为了尸体不被发现还曾在被害人脚上捆绑重物，不过他应该没想到尸体会这么轻易被发现。

"再者是被害人常去的那家餐厅的员工恰好在八点时在上户目击到了被害人。从吾祇市经由上户去往水库的路上荒无人迹，再加上美旗老师与被害人都与那一带没什么干系，被目击到的可能性微乎其微。

"然而对方岂止目击到了被害人，连时间都记得一清二楚。多亏了这些偶然，美旗老师的不在场证明才得以成立。堪称奇迹啊。"

市部不知在钦佩谁，仰头望天，感慨万千地叹了口气。

奇迹由神明创造，而现在，那个"神明"却告知我美旗老师是凶手。

"那么，你认为美旗老师没有伪造不在场证明吗？"

"我认为没有……直到你说铃木指认美旗老师是凶手。"

市部的声音相当复杂，就好像相信语言中有言灵一般，慎重地取舍着每一个发音。

"那么，你现在认为美旗老师伪造了不在场证明吗？"

"我还没有任何头绪，但或许在不知何处的某个世界中，这看起来犹如铁壁般的不在场证明将会崩塌。"

句尾的语气稍稍有所加重，想必这是推理宅男的可悲秉性，眼前的障碍越是难以逾越，反倒越让他心中燃起与之相斗的火焰。

"你到底是站在哪一边的啊？"我不满地说道。

市部表现出一副很意外的样子："我还想问你呢，这个事情是你专程跑来对我说的吧？在此之前我可半点都没怀疑过美旗老师呢。"

"你说的也是……抱歉。"我有气无力地低下头，垂下视线。

而市部则从容不迫地说："听都听到了也没办法，覆水难收。我们唯一能做的就是去确认那家伙说的话究竟是不是真的。"

说着他的鼻息渐渐急促起来。尽管我否认美旗老师是凶手，

107

但在内心某处却又莫名地相信着铃木。

市部表面上一副不把铃木放在眼里的样子,但莫非其实他也对铃木有所信赖?

"喂,市部。你认为铃木的话是正确的吗?"我小心翼翼地问道。

"不。"市部当即摇了摇头。

"我不认为百分之百正确,不过从目前的趋势来看,他说的也不完全是谎话。不过,骗子会在九十九个真相中编入一个谎言,所以我并不相信他,桑町你最好也不要相信。"

"……我觉得他是一个超能力者。"

我首次陈述了自己的看法。别说神明了,就连相信有超能力这件事都令我觉得羞愧万分,所以我对于自己的想法始终讳莫如深。而当我面对铃木的崇拜者时,则是另一种意义上的难以启齿。

"我认为那家伙能用超能力获取过去或未来的信息。这次,事件发生在过去,所以他获取的应该是过去的信息。"

"原来如此。"市部先是表现出理解,继而又以一种否定的语气说道,"不过……到底是怎样的呢?"

"那家伙确实拥有某种卓绝的能力,但那未必是超越人类的能力。一般来说,与预知未来相比,窥探过去要简单得多。比如,站在教学楼的屋顶上用望远镜观察市郊的房子,之所以能知晓房子里的情况,是因为光线的反射作用反射出了室内各种各样的颜色,然后这些光信息传到了望远镜里。一天后,如果能将这些光线再次收集起来,理论上就能窥视到一天前房子里的情况,宛如我们在一万年后看到一万光年外的星光一样。"

"但是光线会扩散零落，一天后再重新收集什么的，这不是人类力所能及的事吧？"

"当然，不过你该明白这比预知未来要简单得多。为了预知未来，我们得收集甚至还没来得及反射的光线。"

"你说的是四次元之类的吗？"

"差不多吧，嘴上说起来容易，但事实上照现在的情况根本不可能，所以我们仅是通过在脑海中增加一个次元的便捷方式来形容它罢了。这跟我们幻想着如果再有一条手臂，就可以边弹吉他边吃饭是一样的。现在四次元已经不够用了，必须要增加好几倍的次元，简直跟千手观音一样。总而言之，即便同为超能力者，预知未来与窥探过去的级别是大相径庭的，这可以理解吧？"

虽然不知道话题的落脚点究竟在哪里，但我还是自顾自"嗯"了一声，点了点头。

"那么，如果只着眼于窥探过去的话，究竟能做到什么程度呢？最高水平是能在头脑中描绘出任意时间、任意场所的情景，就好像亲身在那儿一样。有点类似于把四散的光线通过磁场之类的方式再次聚集到眼前。这很了不得，但如果不是窥探整个过去，而是推测过去的话，就不需要这种能力了。"

市部虽然佯装漠不关心，但其实已经对铃木做过多番思索了吧？他仿佛要清除掉包裹着铃木的神秘色彩一般，对于铃木的思考从他的嘴中源源不断地流出来。

"推测？"

"那家伙夸口说他知道真相，可能只是在推测真相，就像我们久远小侦探团一样。说得极端一点，单论获取案件相关信息的话，丸山从身为议员的父亲和身为妇女会长的母亲那里得到情报，拥有丸山的我们便能通过这些情报推测真相。如果铃木的家人里有警方相关的人员，说不定我们能得到更重要的情报。"

"这么说来，铃木只是通过特权获取情报，并以之为基础进行推测吗？"

"这种可能性很高，只是……"市部一改先前的气势，含糊其词起来，"我也认为他不完全是个普通人，他确实具有超乎常人的能力。"

市部的表情充满了苦涩，像是非常不愿意承认的样子。

"如果不是像名侦探那样的推理能力，而是更超自然的，比如读取被害人思绪的能力，类似于对死者的读心术……"

"不是超能力者的透视，而更像是灵能力者？"

"对，大概是招魂术之类的东西，这样的话就说得通了。为什么那家伙只告诉你凶手的名字，因为只要不是被暗算，被害人都知道自己是被谁杀的。"

"很灵异啊。"

我略带不满地说。从我个人来说，我能接受超能力，但无法接受超自然。因为这样的话，我夜里就不敢去上厕所了。

"当然，我并不相信世界上存在幽灵。也可能是有些直觉敏锐得出奇的人，可能会在无意识中接收到一些抽象化的信息，使其让人们认为他们拥有某种超乎人类的能力。"

"是啊……"知道市部跟我一样,我松了一口气,"超能力和超自然是两回事。"

"什么?你们在说超自然的事情?"

突然,办公室的门开了,比土优子走了进来,她仿佛一直瞅着登场时机一样。比土的容貌很像菊花人偶,她身穿一身哥特萝莉风服装,是一个喜欢超自然的不可思议少女,自称"市部未来的恋人"。

"不,神明……"

我对自己不经意间说漏了嘴而感到后悔不已。

头脑聪颖的比土立刻就领悟了:"你们两人偷偷摸摸地……又和铃木君有关?"

比土轮流审视着我跟市部,当视线移向我时,她的脸上流露出嫉妒的表情。

"你误会啦。"我看向市部,市部则转向比土说道,"我们在讨论那家伙可能不是神明,而是超能力者或灵能力者。"

"哦,为什么要讨论这个话题呢?"

虽然是"市部未来的恋人",但她现在也是一副绝不将市部的身边让与他人的架势,硬生生地挤入我们中间。

"也就是说,桑町,你又去向铃木君打听了凶手的名字?"

"没有,因为涉及美旗老师,桑町也很犹豫究竟要不要去问。她刚才就是找我商量这事呢。"市部面不改色地掩饰道。

这种大人才会的把戏,我模仿不来。

"是吗?"不知她对市部的话有几分相信,她说道,"那我就替桑町问吧。"

"比土你难道不讨厌铃木吗？"

"讨厌，他身上白茫茫一片，什么都看不到，叫人捉摸不透。我的暗黑领域仿佛要被他咔嚓咔嚓地剥蚀掉。不过虽然如此，还是比你们两个鬼鬼祟祟地合起伙来说谎好多了。"

"我知道了啦。"市部叹了口气后，凝视着比土的脸，说道，"实话实说……"

"铃木君指认美旗老师是凶手吧。"比土先发制人一般地下了结论。

"你也去问了铃木吗？"我不禁问道。

"怎么可能？"比土露出一副令人毛骨悚然的表情，"这点事，看你的脸色就知道了，用侦探团的话来说，就是推理。桑町同学，你不仅不会察言观色，而且也不知道自己所散发出来的情绪吧？换言之，毫无防备。"

我可不想因为察言观色的事，被享誉校内的不可思议少女说三道四。但我委实能感受到她在极力克制着自己的情绪，经常使人摸不着头脑。

比土从市部那儿听完事情的原委后，赞同道："既然如此，我们似乎只能按照市部君的考虑，去验证美旗老师的不在场证明是否真的成立。我也要来帮忙。"她白皙的脸上依旧面无表情，当然，声音也是毫无波澜。

"眼下午休时间也要结束了，放学后，我们换个地方再探讨吧。"

"是呢，午休时间我原本不打算来，可心里忽然闪过一个不好的预感，就过来瞅一眼，还真被我撞到了。"

比土瞪着我阴阳怪气地说道。不仅仅是因为今天的事，她一直以来都对我抱有很大的误解。

这些先搁下不论，更令我觉得讶异的是，从凭借着预感特意跑过来这一点上看，比土似乎不单单是一个醉心于超自然的不可思议少女，而是真的拥有某种能力，好像铃木那样。

不，我不能再胡思乱想了，再想下去就要陷入深深的不安之中了。这里好像除了自己，所有人都拥有某种能力。

"丸山怎么办？虽然他今天因为要补课不会过来。"市部问道。

"丸山君嘴太快了，不能告诉他。"比土冷冷地说。

"那家伙没那么多嘴。"市部立刻袒护起他的朋友来，不过又接着说，"话虽如此，一码归一码，我们还是暂且对他保密吧。"

"就怕问了几次后他会有所察觉，这就要看市部君你的能力了——如何在不令他起疑心的同时向他探听出必要的信息。"

"任重而道远啊，不过……就算这样也不得不做。"

许是痛感领导责任的重大，市部愁云满面地喃喃着。

3

我们要推翻美旗老师的不在场证明——那可是连警方都打了包票的不在场证明，仅凭我们几个小学生，又岂是一朝一夕之间能够撼动的？然而，由于另一个嫌疑人石桥完全没有不在场证明，所以警方也可能在没有彻查美旗老师的不在场证明的情况下将凶手就锁定为石桥。

总之，一口气缩短一个小时的时间是不可能的。上课时我就在想，有没有什么地方能缩短时间，哪怕就一会儿。即便只是五分钟、十分钟，一点一滴地积累起来或许就能突破一小时大关。

当然，这终究是一场冰冷的推理游戏。在思考如何推翻美旗老师的不在场证明时，我对自己这么说着。如果不这么想，美旗老师的脸就会不时地掠过我的脑海，哀伤会覆盖一切，令我根本无力推理。我感到心中重要的部分正在一点一点石化，胃里变得沉沉的。

而实际上，美旗老师正站在我眼前的讲台上，他的声音传入我的耳朵，但我不得不设法屏蔽。在美旗老师看来，今天的我大概毫无干劲。不过因为平时散漫惯了，美旗老师并未因此对我有所指责。而且，他自己还处于此次事件的阴霾之中，浑身没有一点精神锐气。

放学后，我们三人聚集在市部借来的家政教室里。家政教室要比儿童会办公室宽敞，位于一楼。这时窗帘拉得严严实实，我们三个人的声音听起来空空荡荡的。

在放置着电磁炉的水槽台前，比土率先开口道："我想了想，虽然被害人的尸体被丢弃在赤口水库，但杀人现场却不一定是在水库吧？"

"但是有人看到被害人前往水库。"我坐在对面的圆凳上，插嘴道。

"但那不是在水库，而是在去水库途中的十字路口，对吧？这样的话，假设两人在其后发生口角，被害人惨遭杀害，也不奇怪吧？"比土解释道，她的语气依旧低沉而漠然。

"说起来，如果凶手在水库行凶，杀完人后放置一个小时以上都不予理睬，也很令人费解。相较之下，假设凶手杀人后用了三十分钟去水库，又用了三十分钟在被害人脚上绑上重物后将尸体抛入水库的行为应该会更自然。而且这样做就能减少三十分钟的时间。你们到底在纠结什么呢？"比土的脸上浮现出令人畏惧的冷笑。

这冷笑不仅蔑视了我们，也蔑视了警察。

我对于这个偶然性颇为介怀——被害人被目击后即刻遇害。但若按上述过程行凶的话，美旗老师确实可以在十点十五分回到家中。

比土脸上一副"怎么样?"的表情,望向市部。

市部抱着胳膊思索道:"也不是不能这么认为,不过就算这样也还差三十分钟。还有,就算作为重物的石头可以在现场找到,那绳子又是从哪儿来的呢?难不成是预先放在后备厢的?"

"说不定带上找绳子的时间一共花了三十分钟?再说了,就算被害人是在水库遇害,不也一样没有绳子?"

"不,如果是有预谋的犯罪,凶手可能事先准备了绳子。可要是在这种情况下,相比起去往水库的路上,在人迹稀少的水库将被害人杀害显得更为自然合理。如果是在路上,那更像是由于产生口角等原因而引发的突发性杀人事件。比土你也是这样想的吧?"

"嗯,现在确实多少有些不自然。"比土欲言又止。无论如何,在推理方面果然还是市部更胜一筹。

"那么,如果刚开始凶手仅仅只是想把尸体投入水库中,只是在丢的时候恰好看到了绳子跟石头,临时改抛尸为沉尸了呢?"

"这还更有可能一些。"

这次市部并没有否定。不过就算大体合乎逻辑,在还差三十分钟这一点上依旧没有任何变化。那似乎只能等到明天再解决了。

"桑町同学,你没有什么想法吗?"

家政教室里一阵沉默后,比土挑衅地问道。话虽如此,她的眼神与语气都很平静。

"不,我大致也做了些猜想。"

"哦,是吗?"

说话的是市部。莫非市部原本认定我不会有任何想法？

"我认为凶手可能并没有立刻把车还回去。"我看着市部的眼睛，有些焦躁地说，"凶手在杀害被害人后先去被害人的公寓，再回吾祇市要花上一个小时十五分钟的时间，但如果直接回家，一个小时就够了。我想他可能是等学长回去后，再把车还回去的。我印象中月租停车场离公寓有点远，所以半夜还回去应该也不会被发现。"

可即便如此也仅仅缩短了十五分钟，跟比土做出的推论相比，没有什么差别。但作为积土成山战略的第一步也不算太坏。

"可他为什么不先还车就回家了呢？"不出所料，比土尖锐地问道。

"可能汽车后备厢里装了什么东西，一些体积庞大的，一看就知道是自己的东西。一般来说，被害人在周日开车来到美旗老师的公寓，之后二人又去往水库，所以美旗老师可能一开始并没有行凶杀人的打算。那么在这段时间里，他们应该是往车上放了些兜风时需要的东西。"

"是呢，但也只不过把时间从十点四十五分缩减到了十点三十分而已呢。"

比土她自己的推论离现实结果也还差三十分钟，却居高临下地对我指指点点的。市部则像是陷入了沉思，没有开口。

"我才思考了两个小时，今天晚上我会再好好考虑的。"我不甘示弱地回嘴道。

"当然我也会去想想的，想出一个与市部君'未来的恋人'

相称的推理。"比土用深渊般漆黑的眼眸回看着我说道。

对于她来说,在市部面前把我比下去似乎比案件本身更重要。我终于恍然大悟,难怪她要参与此事。

愤怒涌上心头,可转念一想,我自己不也是受到铃木的挑唆,把美旗老师当成杀人凶手,拼命地推理,寻找着出路吗?我跟她其实没什么太大的差别。

"哎,市部,你怎么想?"

我朝抱着胳膊始终沉默不语的市部问道。

"我想到了一件事情,不过得今晚先跟丸山确认一下。"

市部的语气很平静,但表情依然阴郁凝重。

"我也一定会回去思考的,为了再缩短三十分钟。"

以比土的这句话作结,我们就此散会。

第二天放学后。我们瞒着丸山在儿童会办公室召开了侦探团集会。不知是幸还是不幸,丸山因为数学考试成绩太糟糕,这几天都在跟着家庭教师补习。

"抱歉今天也不能去了,我妈妈太烦人了。"丸山一面挠着头,一面跟我们道歉。

"你就别在意了,加油补习哦。"我向他鼓励道,外加强烈的罪恶感以及僵硬的笑容。

由于话题过于紧要,市部在开始前就拉上了窗帘。

"我考虑了一晚上……"这天,我第一个发言,"如果把我昨天的推理跟比土的推理结合起来,时间就能缩短更多。"

第三章 通往水库的漫漫长路

我发挥积土成山战略的优势，公布了昨晚在泡澡时想到的推理。

"凶手在过了上户十字路口的不远处杀害了被害人，将其载到水库后于九点抛尸。到此为止跟比土所说的没有什么不同。然后，我认为凶手就这样返回到自己家中。从水库到美旗老师的公寓要一个小时，所以可以提早到十点前到家。"

"但还差十五分钟呢。"

比土冷静而透彻地指出。

意料之中。

"嗯，我知道。不过你不觉得这是一个很大的进步吗？不在场证明正在逐步被削弱，就差最后一口气了。"

我不由得亢奋起来。我很想相信美旗老师，与此同时，也深知自己内心矛盾的感情。

我大概是一个坏人吧。

"那，比土你怎么样？你现在的推论可以比之前的三十分钟更短吗？"

比土仿佛心领神会，正要开口，却被市部突然打断。

"在那之前，"市部声音洪亮，他看着我的脸说，"昨天会议的最后，我也察觉到了这个可能性，所以晚上去问了丸山关于停车场里被害人的车的事情。"

接着他又转向比土："丸山说，几乎没有人记得月租停车场里被害人的车是什么时候回来的。之所以会这样，也是因为那个停车场的车位只租出去了一半，被害人的汽车两旁的停车位都空着。

119

并且很多人都是上下班时才使用这个停车场,周日那天,大部分人甚至都不会靠近。然而在这当中……"

说到此处,市部湿润了一下嘴唇,我们屏气敛息地望着他。

"有一家人记得,他们与被害人的车中间隔着一个空位。那家人是一对夫妇与两个孩子,四人一大早出去游玩,当时是早上七点,被害人的车还停在那儿。回来时是晚上十一点半左右,那个时候车也确实还停在那儿。因长途旅行而筋疲力尽的长子好像一个趔趄没站稳,就把手撑在了被害人车子的引擎盖上,所以他们记得很清楚。

"这是目前关于被害人的车的唯一证词。"

"等等,十一点三十分,美旗老师那时不是还在和学长喝酒吗?"

市部用力点了点头表示肯定。

"所以没有犯案后先回吾祇市公寓的选项。美旗老师总不可能身怀绝技,在去买下酒菜的同时顺便把车还回去吧?"

"学长真的在美旗老师那里待了两个小时吗?他会不会因为醉酒而产生了错觉,实际只待了一个小时呢?"

要是学长十一点前就回去,还车的时间勉强能赶上十一点三十分。

"我也考虑过这个可能性,不过据说学长回去时,美旗老师的房间里当时开着电视机,播放的还是新闻节目。如果要让时间看起来比实际早,只要将预先录下来的东西延时观看就好了,但反过来却不行,因为后面的内容都还没有播放呢。加之又是新闻节目，而且实际的新闻内容与学长的记忆是吻合的。"

"我明白了，也就是说学长确确实实在美旗老师那儿待到了十二点前。"

我半松了一口气，就此作罢。我的推理遭到否定，就标志着美旗老师的清白再一次得到了证实。

"对，就是这样。所以在学长突然来访的十点之前，美旗老师必须处理完一切。"

市部像是自我确认般地说道，继而转向比土。

"抱歉打断你，那么比土你的推理是？"

"我的推理现在看来也不成立了。"比土摇了摇头，但她蜡像般的表情没有丝毫变化，"我猜想他可能在八点杀完人后先是回到了自己的公寓，目的是考虑善后的对策。如果杀人动机是由于得知对方脚踏两条船，发生口角后的一时冲动，这样做也很有可能吧？"

"那样的话，隐形眼镜会不会干燥过头？我记得中间应该只隔了一到两个小时。"

我凭着自己的记忆，提出异议。

"是吗？那或许在学长来的时候，美旗老师慌忙地将尸体藏到了浴缸里。不过，无论怎样，他都无法去还车。"

"听起来挺有意思的，可我听美旗老师说过，他的浴室是厕所、洗脸台都包含在内的单元卫浴。通常人喝了酒就会想上厕所，浴缸里若是放满了热水，即使有浴缸盖，尸体也会上浮，立马就露馅了。想隐藏尸体的话，一般会急忙把里面的热水放掉吧。"

市部把手放到嘴边,恰当地否定道。

"说的也是呢。"

面对市部,比土也很干脆,并没有显得不悦。

"那么,市部你是怎么考虑的呢?"

我把一只胳膊肘支在宽大的桌子上,满怀期待地问道。

"我的推理是被害人可能并没有使用自己的汽车。被害人开的是一辆白色的跑车,而对于不开车的中年女性,只要是白色跑车,无论哪一辆看起来应该都一样吧?当时又是夜路,车子只在眼前一闪而过。那样的话车钥匙留在被害人的公寓里也就顺理成章了。"

"确实,如果是被害人在开车,就很容易让人以为那就是被害人的车。"比土冷静地点头道,"但是,为什么被害人要开别人的车?如果是美旗老师的车,应该是美旗老师开吧。而且,就算停车场的问题解决了,十点仍是一个制约因素。"

"不过,如果像比土刚才推理的那样,美旗老师先把尸体带回了家的话,那大体上就说得通了。"市部解释道。不过他的言辞闪烁不定,似乎仍未完全确信。

兴许是听到市部支持了自己的推理,比土显得有些高兴,她那总是面无表情的脸上浮现出一层淡淡的笑容。

反倒令人觉得恶心。

"当然,把尸体沉在放满水的浴缸里是不可能的,我们只能认为一个小时后因为某种原因导致尸体的眼睛和脸颊都湿润了。那天一直都是晴天,所以不可能是因为下雨,想必有其他原因。

虽然还有很多不明了的地方，总之，这个推理也许能够推翻美旗老师的不在场证明……"

作为市部，这话说得拖泥带水，抑或说是充满了苦涩也不为过。他的话里行间流露出一种焦灼之情，他似乎并不愿意相信自己的推理。这推理就像满是补丁的临时棚屋一样狼狈不堪。

我许久都不曾见到这样的市部了。

4

"桑町,你在这个地方做什么?"

周日,在美旗老师的公寓附近,他朝我问道。

既然无法推翻美旗老师的不在场证明,那么他就是清白的,我理应感到高兴,可阴霾仍然笼罩心间,挥之不去。

我无法为美旗老师的清白而欢欣喜悦,是囿于神明的诅咒吗?

话说回来,其实我并不清楚美旗老师公寓的具体位置,只是根据街道名大概估摸了一下,不经意间便朝那个方向走去了。

"我在散步。"

掩饰着内心的动摇,我不知道自己的回答是否合宜。我没有自信。

"一个人散步到这么远吗?桑町你真的很喜欢一个人啊。"

和以往不同,美旗老师的语气听起来并不像在责备。这一带在泡沫经济时期推进了住宅建设,因而公园等设施都很完善,有很多人牵着狗在散步。

美旗老师忽然叹了口气说道:"嗯,这或许也不错,我现在也想一个人待着,大概谁都会有这样的时候吧。"

这时,我想起来,美旗老师的恋人背叛了他。无论美旗老师是不是凶手,都不会改变这个事实。

"嘿,桑町,一起坐车兜个风好吗?"

"你是在向我搭讪吗?"

"嗯?如果不愿意,那就算了。"

"我去。"我连忙回答道。

"好嘞,去角仓峡吗?那一带的红枫很漂亮。"

角仓峡位于流经吾祇市中心的河流上游,是一处岩石风景名胜区。河流穿行于峭壁间的山谷中,看起来险峻,但实际水流却颇为平缓,因而得以在河滩上建设露营地,顶上还架设了红色的人行吊桥。单程大概是三十分钟,这个距离对于兜风来说恰到好处。

另外,这条河流与赤口水库分属不同的水系。

"那就麻烦老师了。"

美旗老师也和被害人一起去那儿约过会吗?我一面想着这个问题,一面跟着美旗老师去往停车场。原来美旗老师这里的停车场并非露天的,而在车库里。通过询问得知,这样的停车位的价格要比一般的贵上一倍。之所以租带锁的车库,用老师自己的话说是因为"不想自己的宝贝爱车受到损伤"。

我在老师的护送下坐上副驾驶位,系好安全带。愉快的兜风即将开始……

本该是这样,本该是这样的。

车内音响里流淌出令人愉悦的偶像歌曲，座位的软垫也很舒适。无论是血红的枫叶，还是溪谷的景致，都美不胜收。然而，我却无法释怀。莫不如说心中的阴霾越来越深了。心中属于美旗老师的领域，一点一点窄小起来了——

美旗老师的爱车是一辆进口车，一辆驾驶位在左侧的跑车……

兜风过程中，我始终坐在美旗老师的右侧沉思默想。如果从右边等红绿灯的车里看过来，会不会有那么一瞬，以为是我在驾驶呢？

并且，如果对方是一个不了解汽车的中年女性，那就更不用说了。仅凭夜路上一闪而过的印象，无怪乎她会以为驾驶者是被害人。

而且，只要系着安全带，坐在副驾驶座上的我或生或死都无关紧要。

听说被害人的隐形眼镜曾一度处于干燥状态，也就是说她是睁着眼睛死去的。只要被害人睁着眼面朝前方而坐，哪怕已然死去，看起来应该也像是在驾驶。

若是在经过上户十字路口时被害人已经死亡……

死亡时间推断为七点到十点。如果美旗老师在七点半杀害了她，随后令其坐在副驾驶位后驱车驶向水库，说不定杀人现场就在美旗老师家中。两人因为被害人用情不专的事发生口角，美旗老师无意识间猛推了她一把，结果撞到了不能撞的地方……那样的话绳子只需要从家里带出来就好。

美旗老师当然不会察觉到，途中八点在上户十字路口，有一个很熟悉被害人的人士目击到了这一幕。因为不仅限于上户，那一带应该没有美旗老师或是被害人的亲戚。

八点三十分到达水库。美旗老师找到一块合适的石头作为重物后抛尸水中。从赤口水库到公寓需要一个小时，因而就算在现场花费了有十分钟，美旗老师也能在九点四十分之前赶到家。假设老师前脚刚回来，后脚就遭到了学长的突袭，那么一切就合乎逻辑了。虽然终究只是一个逻辑推理，但美旗老师的不在场证明却会土崩瓦解，宛如干冰一般消失得无影无踪。

……我到底该不该告诉市部他们呢？

下了车后，我还在为此苦恼不已。市部努力推翻着美旗老师的不在场证明，虽然并不彻底，而他本人也对自己的推理表示怀疑。但正因如此，他才更相信美旗老师是清白无辜的。因为美旗老师的不在场证明只有通过那样荒唐的推理才能被推翻。

尽管昨天他发表完那个破绽百出的推理后，曾发誓一定会填补其中的漏洞，但估计现在仍旧是"临时棚屋"的模样。虽然对市部感到有些过意不去，但要是我缄口不言的话，或许一切都能圆满收场。

然而……我注视着市部家所在的方向。我们在去角仓峡的路上途经市部家时，可能他已经看到美旗老师开车载着我，想必那时他就知道了，美旗老师爱车的驾驶位在左侧。远比我聪明的市部，说不定立刻就能得出结论。

当然，即便美旗老师的不在场证明被推翻，也并不意味着他一定是凶手。另一个嫌疑人打从一开始就连不在场证明都没有。只是，这意味着我们无法否定铃木的预言。铃木知晓全部的真相吗，抑或他其实只知道美旗老师的爱车是一辆驾驶位在左侧的进口车，又或许如市部所言，他听到了被害人的声音？

我不知道。

"进口车肯定会被恶作剧的，美旗老师你可不能开这辆车来学校哦，要开的话得买一辆更便宜的小汽车。"

临别道完谢后，对着面带微笑的美旗老师，光是这么说已竭尽我的全力。

我的心中有相当一部分已经风干石化。

CHAPTER 4

第四章

情人节旧事

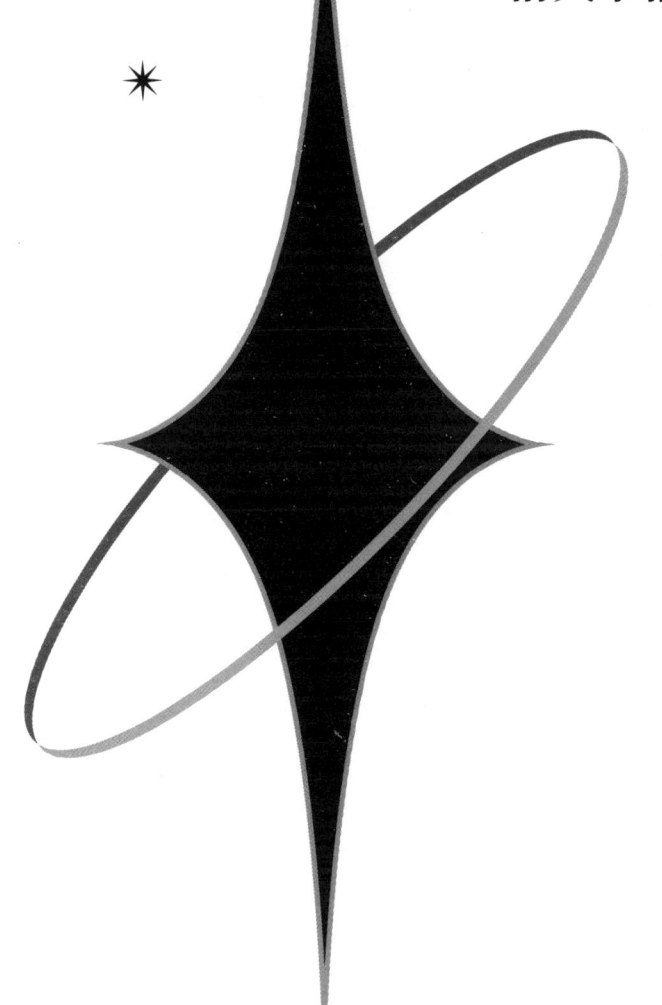

1

"凶手是依那古朝美。"

在我——桑町淳的面前,"神明大人"如此宣告道。

这是他的第四次神谕,不同于过去的三次,这一次的名字我闻所未闻。

"依那古……朝美……是谁?"

"这种程度的事还请你自己去调查,如果你真的想知道凶手是谁。"

十一月,暮秋的寒风呼啸而过,铃木以一贯不变的清冷神色回答道。

屋顶四周围着一圈刺眼的竹绿金属网,裸露的混凝土在风吹雨打中变得斑斑驳驳,大煞风景。目之所及,是层层叠叠的山峦包围着这座城市。底下传来午休时学生在操场上玩棒球游戏时所发出的兴高采烈的声音。

这个屋顶,和上次一样,成了宣告神谕的场所。

"嗯,我会去的。不过,你说的是真的吧?"我确认道。

"你是在怀疑我?也罢,这是你的自由。"

铃木丝毫没有摘下优等生的假面，轻描淡写地应付道。

铃木是神明，他本人如此宣称。实际上，他也曾数次向班里的同学展示了他堪称神迹的言行，并且还在我面前三次指认了杀人事件的凶手。然而，最初的那次姑且不论，后两次均无法确认是否属实。因为事件朝着另一个方向发展而结束了。

我并不认为铃木是神明大人。

我怎么可能相信那么荒唐无度的话呢？

可话说回来，铃木确实拥有某种特殊的能力，某种类似千里眼的超能力。那家伙以此僭称为神名，而班里的大部分人都愚蠢地相信了他。

这也正是我的弱点。他虽然不是神明，但能力却是真实的，故而不能像魔术师①揭露降灵术和虚假超能力者那样做，我不得不以一种十分矛盾而复杂的感情来面对他。

最为棘手的是那家伙并不强迫我去相信。如果他强迫我，我倒可以奋起反抗。但他却经常顺水推舟，不怀好意地告诉我凶手的名字。信不信由我，绝不干涉我的价值观，一副泰然自若的态度，这使我恼怒。

"你不该与他有什么瓜葛。"

市部曾多次这样规劝我，也告诫过我"不该听信他的话"。我们是青梅竹马，且同属久远小侦探团，他还是团长。

我知道他是正确的，不过一无所有的人拿什么去挑衅有恃无

---

① 魔术师，一部侦探漫画作品中的主人公。

第四章 情人节旧事

恐的人呢？

但我保证，这既是我第四次问他，也将是最后一次。我为此下定决心。

"杀死川合高夫的凶手是谁？"这是我抛出的问题。

川合高夫是上一个情人节，在池塘溺水，被当作意外死亡处理的我的同班同学。

"这次没有听到自己熟悉的名字，你是不是很高兴？"

铃木一针见血地微笑道，仿佛看穿了我的内心。

这句话令我背脊发凉，宛如一把冰刀刺进心脏。那家伙是真的知道吗，又或者只是从我的神色中推测出来而已？

"多嘴。"

我丢下这句话，就转过身去，迈着发颤的步伐，下了楼梯。

正如铃木所言，我确实害怕他说出某个名字，不，也许是期望。因为自事件发生后半年以来，我自己始终如此坚信着。

而当听到铃木指认依那古朝美这个谜一般的人物为凶手时，我在深感意外的同时也松了一口气。

那是今年二月，铃木尚未转学到这所学校。我被川合高夫表白了。

当时，川合和我是同班同学。他来自邻市，因为两市合办的地区会议，我们从一年级时就认识了。

大家所熟知的川合沉默寡言、顽固板直，但并不阴暗。学习跟体育都过得去，外表也很普通，个子稍微有点矮吧。他不会站在前头独领风骚，但却会成为坚强的后盾默默支持。在众人评价

133

中，他是一个沉着而认真的人。

川合在姐弟四人中排行最末，上面有三个姐姐。他是父亲翘首以盼的家业继承人，据说在他出生以前，他的家人就已经决定叫他高夫了。也许是在悉心呵护下长大的缘故，他身上还残留着一些小少爷般的温文尔雅。

无论是在班里还是地区会议上，我们之间只说正事，印象中我们几乎没有闲聊过。此外还有很多异性同学，跟川合也是这样的关系。故而，最初收到他的表白时，我甚至怀疑他是不是在开我的玩笑。一方面因为我从未意识到他是一个异性，另一方面也因为我是第一次被人表白。

"请在一周以后的情人节给我答复吧。"川合说完就垂下眼睑，满面通红地跑开了。这与他惯常的沉着冷静形成强烈反差，更显得滑稽好笑。

虽然有些半信半疑，但因为他素日不苟言笑，所以我还是倾向于相信他的话。当然这并不意味着我会接受他的表白，我准备拒绝他。

因此我必须认真思考我该如何答复他，尽量不伤害他，不令他难过。这是我有生以来第一次回答此类问题，我苦思冥想，绞尽脑汁，差点发烧。

而被赤目正纪表白，则是在那三天之后。

赤目与川合是邻居，两人自打一出生就是好朋友。在旁人看来是这样，他们自己也公开说过。与顽固板直的川合不同，赤目活泼轻佻，不擅长学习，但体育很好，特别是足球。虽然脸长得

第四章　情人节旧事

有些像猴子，但总的来说还算是仪表堂堂吧。他很喜欢跟人聊天，无论对方是男是女。在此之前，我也跟他说过几句话，不过，跟川合一样，我也从没把他当作异性看待。

而且当时，赤目已经有在交往的对象了，她跟赤目住在同一个街区，比我大两岁，名字叫……想不起来了。春天时我曾在市儿童协会上见过她，所以她应该还住在这个市里。

赤目与川合不仅是邻居，据说生日也在同一天。短短四天内，这两个在生命神秘的原初就紧密相连的好友接连向我表白，说是偶然未免也太凑巧了。当时的我就算这样想应该也不足为奇吧。

加之赤目本身就有女朋友。虽说我没有跟他交往的意向，原本就打算拒绝，但若是他有意愚弄我则又是另一回事了。

被赤目表白后，我忽然觉得认真烦恼的自己显得很愚蠢。如果我是班里堪称"麦当娜"的新堂小夜子，那另当别论。果然，这样的事并不会发生在我身上，我为当初多少有些兴奋的自己感到羞愧不已。

接着，情人节到了。

傍晚时分，我如约来到盛田神社境内。从上学的必经之路沿着山脚的石阶往上走，就是盛田神社。这是一个小小的神社，里面只有干燥开裂的鸟居和破旧的祠堂，空无一人，周围是郁郁葱葱的镇守之森。丑时参拜①的故事传得煞有介事，一到黄昏，周

---

① 为了咒杀所恨之人，在丑时（凌晨 2 时左右）去参拜神社或寺院。相信在第七天满愿日，被诅咒的人会死去。参拜者一般身着白衣，手执铁锤与钉子，将仿照对象制作的偶人订在鸟居或神木上。译者注。

围寂静无声，令人毛骨悚然。

而学校里的男生们则充分利用了此地不易遭人窃听的优势，偶尔把这儿当作他们的秘密基地过来玩耍，但大多时候他们商量的都是些无聊的恶作剧。

我登上石阶，就看到川合等在鸟居之下。他把自己的包放在祠堂边上，一脸认真。当看到我后，他开始显得有些焦灼紧张。他等待着我的答复。

"别开玩笑了。"

我对他大发雷霆，还把赤目向我表白的事也告诉了他。

"这是真的吗？"

川合瞪大眼睛。

"装什么傻？你们两个捉弄我很开心吗？何况赤目君还有女朋友。"

"不是的，跟赤目一点关系也没有，我也是第一次听说。"

川合脸上的表情非常认真。但事到如今，我不会再相信他的戏言。

"反正只要我一接受表白，你们俩就打算拿我当笑料吧？还是说，赤目君现在就躲在某个地方看着我们？"

镇守之森幽远深邃，树干粗壮，藏匿区区一个小孩子并不在话下。不知是人，还是风，抑或是黄鼠狼，我听到耳边传来枯叶沙沙作响的声音。

"不是的！我是真的很喜欢你。"

话音未落，川合的右手就紧紧抓住了我的手腕，另一只手则试图抱住我的肩膀,我的身体被拉了过去。他的力气实在太大了,我感到恐惧袭遍了全身。

"不要!"

我站稳脚跟,拼命甩开他的手。川合的力气相当大,不过他或许稍微恢复了点理智,抓着我的力气忽然变弱了。

"太差劲了!我要跟你绝交。"

对于我们来说,"绝交"这个词语的含义是很重的。话音刚落,川合就瘫跪下来。我花了几秒钟时间调整呼吸,冷冷地瞥了他一眼,跑下了石阶。

"等一下!"

背后传来川合的喊声,这个声音悲痛欲绝,完全不像是出自寡言而板直的川合之口。可我没有回头,那时候我只感到满腔的愤怒。

"赤目这个浑蛋,开什么玩笑?!"

然后……在我跑下石阶中途传来了这句话,这是我听到他说的最后一句话。

翌日早上,有人在池塘里发现了川合的尸体。

神社背后有一个很深的池塘,川合掉进去淹死了。到了那天晚上川合还没有回家,他的父母非常担心,就向警察提出了搜索的请求。而在之前,他的父母已经给川合关系亲密的同学和班主任都打去了电话,因此引发了不小的骚动。

作为案发现场的池塘四周围着高及腰际的栅栏,但栅栏随处都有空隙。那里据说是个不错的钓鱼场所，有些小孩子就从空隙里偷偷钻进去钓鱼取乐。当然，学校方面对此是明令禁止的。

为此，住在这块区域的大人们会定期巡视，川合的尸体就是在巡视的早上被发现的，发现者是住在附近的老大爷。

川合浑身冰凉，浮在水面上，没有带任何钓鱼用具，唯有书包放在栅栏边上。池塘边缘留有滑落的痕迹，但没有其他脚印（池塘边杂草丛生，很难留下足迹），也没有可见的外伤，因而此次事件作为意外死亡事故处理了。

川合并非不会游泳，所以可能是冬季的寒冷导致其四肢麻木，无法动弹。死亡时间是在傍晚五点到夜里十点之间。我跟川合约好见面的时间是在五点之前，那他很有可能在我们分开之后马上发生了意外。

大家都感到很不可思议，为什么川合会独自去往盛田神社，毕竟那只是一个偶尔才用到的临时聚集地，一个人并没什么好玩的。

我感到很害怕。

我无法说出真相。

如果川合是因为被我拒绝了才自杀的，我该如何向川合的家人解释呢？他们会恨我入骨，把我骂得狗血淋头吧？但这是没道理的。不仅如此，最糟糕的是，他们或许还会怀疑曾跟川合产生过争执的我。

池塘在神社后面，跟石阶的位置正相反。而从神社下来，除了这条石阶参道，再无其他路可走。我竭力使自己相信，不管川

第四章 情人节旧事

合出于什么原因走向了神社背后的池塘,都跟我没有任何关系。哪怕这样做会被称为懦夫,但对于当时的我来说,只有竭尽全力保护自己。

幸运的是,好像谁也不知道我跟川合曾见过面——我没有对谁透露过风声,川合似乎也一样——原本就与大家关系浅淡的我,仿佛置身于帘幕之外,独自怀揣着一个巨大的秘密。

一个月后,在川合的死亡带给我的打击逐渐减轻时,赤目突然出现在我面前,并逼迫我给他答复。我们见面的地点不在盛田神社,而是在学校的屋顶。赤目喜欢屋顶,他经常仰卧在高楼的平顶之上。

这太荒谬了,于是我把川合向我表白的事情告诉了他。

"嗯,我知道,因为高夫曾经找我商量该怎么表白。"赤目一脸平静地点头道,"但是我也喜欢你啊,虽然我没对高夫说……所以我决定先让他表白,我再表白。我认为这是最基本的风度。"

"赤目君你有女朋友的吧?"

"在跟你表白前就分手了,我不想脚踏两条船或留什么备胎。这是我最大的诚意。"

虽然他脸上的表情没有了平时的轻佻滑稽,但这面不改色的陈述却反使人不寒而栗。

"也许我背叛了我的好朋友,但喜欢这件事有这么糟糕吗?"

"这种事你就算问我我也不知道,而且川合君刚死不久,亏你说得出口。"

"那家伙的事,我感到很遗憾。我们出生于同一个产院,真的是打一出娘胎就是好朋友。对他的死我感到很悲痛,所以我服了一个月的丧。但在喜欢一个人方面,我不想输给高夫,我不想放弃。正因为我们是好朋友,正因为我们是好对手,我才想要赢过他,所以我会连带着高夫的份使你幸福……"

"什么因为,什么所以?真不敢相信,你竟然可以说得那么好听。"

我狠狠地拒绝了他,但赤目并不打算轻易放弃。

经过几番死缠烂打,最后他说道:"你之前去了神社吧?高夫跟我说过,情人节那天他会在神社得到答复。"

他的字里行间似乎是在暗示我,如果我跟他交往,他就会保持沉默。话说到这份上,已属胁迫,没有半点恋爱双方自愿的精神。

赤目原该柔和的眼睛此刻瞪大外凸,就如他的名字一样布满血丝。

"卑鄙小人!"

"为了喜欢的女孩,我什么都做得出来。这有什么好奇怪的?有什么好卑鄙的?"

他说话时眼睛越瞪越大,我看到在他那血红的眼睛深处潜藏着固执的冲动。这近似杀意的红色……

这时,我的脑海中又回响起川合最后的那句话——

"赤目这个浑蛋,开什么玩笑?!"

难道说在那之后,川合把赤目叫了出来?抑或是赤目想要知道我的答复,偷偷尾随在后,于是两人发生口角……

依照川合的言行，相较于因失恋而痛苦自杀，这似乎更合情合理。要是如此的话，此刻站在我眼前的就是……

"绝不，我不愿意！"

我大喊着，逃也似的从屋顶跑了下来。与川合不同，身后的赤目什么都没有说。

自那天开始的一个星期，我都躲在被子里瑟瑟发抖——

这会不会就是真相？赤目会不会来灭口呢？我该告诉谁？

然而我并没有任何确凿的证据，有的只是我的主观判断。客观来看，与川合在神社内发生争执的人，是我。

我不想再跟他们有任何瓜葛。川合或许是真心的，赤目或许也是真心的，但事到如今都已经无所谓了。一定是川合把想要和我表白这件事告诉了赤目，赤目便也采取了相应的行动。在两个"好友"的争执之中，我成为他们争夺的对象，身不由己地卷入其中。我像是在被肆意摆布，我想摆脱这个身份！

从那以后，一直到学期末我都拒绝上学，并且剪了头发。

我很中意自己的长发，但仍旧决绝地剪掉了。我没有剪成短发，而是剪成了运动平头。我丢掉自己的裙子，穿上了牛仔裤。那段时期，我的父母对我已经死心放弃，什么都不干涉。

新学期，当我再次踏入校园时，新同学们都对我退避三舍。因为我继拒绝上学后，又是剪发，又忽然开始使用男性用语，他们想必也对我束手无策。也有人小声嘀咕说我"变成小流氓了呢"。穷乡僻壤里的五年级小学生哪会是小流氓呢？但大家信以为真，对我望而生畏，不敢接近。

不久，跟我说话的人就只剩一脸担忧的小夜子跟市部始了。他们随口编了个理由，说我为当时流行的俄罗斯女搜查官的电影神魂颠倒。我不知道别人是否相信，我想多半是不会相信的。

这样也好。

没有人关注我更好。

换了班级的赤目似乎也终于察觉到了我的变化，不再接近我。

在我心中，五彩缤纷的世界早在二月份就戛然而止，取而代之的是一个黑白无声的世界。然而即便如此，我也安之若素。

这尘封了半年之久的痛苦回忆，我现在特意将其解开，是有原因的。

一来是为了确认铃木的能力。到目前为止，他所回答的都是发生于他身边的案件凶手，但如果是他不知道的案子呢？我很好奇他会如何回应。他的能力，他的千里眼是否仅能洞穿发生于近旁的实时案件，抑或能从一无所知的状态中找寻过去的真相？我意欲一探他的能力究竟属于何种性质。

而这或许只不过是一个借口，其实我是想利用他的能力，探寻当时的真相。

作为断绝关系的代价，我得让他替我实现一个愿望。我确信川合的死是赤目所为，但确信终究只是确信，我没有任何证据。我也知道自己的立场并不恰当，我并不打算回到过去，但为了继续前行，我需要有更坚定的信念。

铃木的话作为不了案件证据。若是铃木真的指认赤目为川合事件的凶手，赤目也不会因此被捕入狱，只会使我的想法更坚定。

而我不打算向世人公开，我只想将这个真相藏匿心间，直到死去。

若是铃木也不知晓的话，那也没有关系，至少我知道了他能力的极限，于我而言没有任何损失。我以为自己上的是双保险。

然而，杀害川合的并不是赤目，而是一个叫依那古朝美的，一个我素不相识的女人……

究竟是怎么回事？

我努力压抑住这句即将脱口而出的喃喃自语，脱下毛衣，穿上体操服。第五节是体育课，因为要换衣服，教室里只有女生。虽说我放弃了女性身份，但还是得遵守规则，我可不想跟男生一起换衣服。

"你一个人霸占着铃木，是想干什么？"

换完衣服后，平日总围着铃木的那三个女生朝我问道。三人的眼神里满含嫉妒，特别是位于正中央的龟山，她瞪着我，仿佛与我有血海深仇。大小姐脾气的她是这伙人里的领头人物。

"霸占？我可没这个想法。"

她们大概看到了我催促铃木走上屋顶的场景。要是我生为男子，她们或许也不会用冒着熊熊妒火的眼睛盯着我吧？

我努力想摆脱女性身份，可周围的人却并不这么看，她们似乎真的以为我对铃木有不一样的情感,并对此坚信不疑。

一旦和铃木扯上关系,真是万事皆难。

我叹了口气。

"桑町同学,你最近老跟铃木黏在一起,是在为实现自己的愿望而献媚讨好吗?"

旁边扎着双马尾辫的女孩奚落道。她在男生中是出了名的优雅娴静。她的身材纤弱,但这不加修饰的强调却显然与之不符。

"神明大人"吝惜自己的能力,不会帮大家实现愿望——铃木自己一手促成了这一局面,然后却又一脸若无其事地发牢骚说"人类误解了神明"。而铃木的这种小气却反倒使他显得更有魅力,那些崇拜者拼命地想吸引这位"神明"的注意。与此同时,她们之间似乎还缔结了互不抢先的约定,一到休息时间,大家就会一同围着铃木。

"我没有什么愿望拜托他,因为我不相信他。"

谎言,真相是我有求于他。但我既没有献媚也没有苦苦哀求,但不知为何,那家伙竟对此饶有兴趣,虽然他每次仅仅告诉了我犯人的名字。

然而,谎言就是谎言,我为此感到心虚,不自觉就说出了"我不相信他"这句多余的辩白。

殊不知,这句"我不相信他"是她们最听不得的话。糟了,我心下想道。可为时已晚,那些崇拜者都已横眉竖目地瞪着我。

"等等,你说不相信铃木是怎么回事啊?"龟山唾沫横飞地逼近我。

"你是在瞧不起神明大人吗？我早就看你不顺眼了，一个人在那里装腔作势。"

"喂喂，我们班里有一个危险分子呢。"

…………

谩骂声如倾盆大雨，不仅如此，她们还做出一副要招来更多增援的架势。

就在我进退维谷之际——

"淳，我有些话要跟你说，就是我们昨天聊到的甜点——"

小夜子朝我大声喊道，并抓住了我的手腕，拉着我跑出教室一直来到了楼梯口。

小夜子是我从小玩到大的伙伴，同时也是班里的"麦当娜"。她那无可挑剔的美貌，有时甚至连我都会看入迷。川合他们当时要是索性跟小夜子表白就好了，小夜子经验丰富又善于交际，如果是她，应该能够巧妙地应付过去，不会像我一样弄得乱七八糟。不过，对于他们来说，高岭之花般的小夜子怕是可望而不可即。

"谢谢。"

当周围只剩下我们两个人时，我坦率地道谢道。我并没有跟小夜子谈论过与甜点相关的话题，我压根就对甜点不感兴趣，那只是一个托词。铃木的崇拜者们忙着七嘴八舌，还没有换好衣服。此外，她们对小夜子其实也有所忌惮。

"淳你真的太没用了。"小夜子双手叉腰，一脸恨铁不成钢的样子，"不过我劝你还是不要跟铃木交往过深。"耳边传来小夜子关切的忠告。

"我又没做什么。"

"满嘴谎话。那些女生我不管,但我不能眼看着你走向毁灭,就跟上次一样。"

我不知道小夜子是否已经察觉我变化的原因,反正她对此绝口不提。

"小夜子,你相信那个家伙吗?"

"当然不相信啦,他就跟骗子一样巧舌如簧。"

小夜子所言极是。她是一个聪明的女孩。说起来,市部也曾说铃木是骗子。

"最近你经常接近铃木,其实是和那个少年侦探团有关吧?"

小夜子究竟知道多少?我心下一惊。丸山母亲和美旗老师的事,可不能随便外传。

"才不是呢,只是碰巧因为体育委员的事找他罢了。"

"你问了什么?最近好像没发生什么引人关注的案件。"

小夜子对我的辩解置若罔闻,摆出一副大姐姐的架势,断然问道。麻烦的是,她猜中了。

还真是令人难以应付。

"真的,我什么都没问啦。"

我一面为自己的谎话感到内疚,一面用力地摇着头。

"唉,算了,不过你可千万不要被身上的包袱压垮呀,那太傻了。这世上有很多选择,可别眼里只看到一个。"

小夜子忧心忡忡地叮嘱了好几遍,然后离开了。

这世上,小夜子或许是我唯一的伙伴,尤其在剪了头发之后。

我很感激她，但这次的事，我着实难以向她启齿。

依那古这个姓氏因为独特而很容易记住，但却很少见。这也就意味着，不同于市里为数众多的佐藤或是铃木的姓氏，这个姓氏很容易找到。

我一回到家，马上就查阅起市内的电话簿来。然而，里面没有一家是姓依那古的。接着我又查阅了各行业的电话簿，可也是同样的结果。近来，考虑到隐私问题，很多家庭拒绝将家庭电话号码刊载入簿。由此，这个依那古不在市内的可能性大概有八成。

我又查看了学校的学生名册，同样也没有找到一个姓依那古的学生。

因为是个罕见的名字，我本以为必定能立刻锁定目标，不承想却落了空。

到此为止，我已经无计可施。要是使用互联网检索的话或许还能找到，可父亲禁止我触碰电脑。按照父亲的要求，我得升入中学之后才能使用电脑，那只能明天用久远小侦探团的电脑了。只是，想要在身为团长的市部面前蒙混过关，我还得费一番功夫。

这时，我忽然想起初春的时候，有一张住宅地图的样本夹在报纸里送了进来。虽然只是附近的片区，但为保险起见，我还是把它翻了出来。自西北至东南，我睁大双眼，前前后后，仔仔细细地看了有三十分钟，仍旧一无所获，附近没有一户叫依那古的人家。

书店里可能有全市的住宅地图，但那个信息量，我是不可能看完的。

总而言之，现在我手上的住宅地图涵盖了盛田神社周边一带，显然依那古朝美并非神社附近的居民。当然，前提是在这期间她没有搬迁出去。

"你认识姓依那古的人吗？"晚上，我若无其事地问父亲。

父亲思忖了一会儿，只回答了句"没有听说过"，继而他问"怎么了"，我只得敷衍着说"没什么"。

我不认为铃木是随口胡诌，但这也并不意味着我信任他。我只是觉得如果他要说谎，也应该说一个更高妙的谎言。

"依那古，怎么了？"

翌日放学后，我在儿童会办公室，亦即侦探团本部使用电脑，有人从我身后探头问道，是市部。这家伙脑袋灵光，直觉敏锐，还很爱多管闲事。

"没什么……"我满脸堆笑，说出了事先准备好的理由，"小夜子问我知不知道一种叫依那古的和果子。"

可市部的眼神仍充满了狐疑，他要是知道这个名字是我从铃木那儿打听来的，估计会表现得比小夜子还要反感。从过去的事例来看，市部对铃木相当戒备，我只想避免无谓的争执。

"不过，似乎是小夜子弄错了。市部你知道吗？"

我表面上佯装无事，内心却冷汗连连。已经检索完毕，我关掉电脑。无论是依那古朝美也好，还是市名和依那古的组合也好，我对此依然毫无线索。

"不知道。"市部摇了摇头，"我哪知道什么和果子的名字呀。"

"唉，我想也是。"

我保持着笑容离开了儿童会办公室。不，或许这并不是假笑，而是发自内心的笑容。

总之能做的我都已经做了，依那古朝美却仍旧是一个谜。如果她身处与我们无缘的世界，那也可无奈何，真相并不总在对自己有利的一方。我为自己长久以来对赤目的疑心感到抱歉，但总算消除了一个心结。至少，川合不是因为我而丧命的。

市部双手叉腰，诧异地目送我离开。

然而，一个星期以后，一道晴天霹雳却在我头顶划过。

2

"我叫依那古雄一,请大家多多指教。"

转学来的男生,带着灿烂的笑容自报家门。他介绍说自己是从熊本市转来的。

依那古雄一肤色白皙,身形娇小,长着一张中性脸,于男生而言显得过于端丽,可能男扮女装都不会被人察觉。乍看之下,给人一种靠不住的感觉。不过他的容貌并不重要,我才不在乎转校生是何许人也呢。重要的是,他在黑板上用粉笔明明白白地写了"依那古"这三个字。

依那古……为什么这个名字会突然出现在我面前?

我看向铃木,但他却视若无睹,面不改色地看着转校生。与之相对,市部则神色严峻地盯着我。我佯装没有发觉,心里却在暗暗叫苦。

横空出世的依那古……我用空洞的视线捕捉着转校生的身影,冥思苦想。当然,一无所获。

不知是幸还是不幸,依那古坐到了我旁边的空位上。因为他还没有教科书,我们就把桌子拼在一起合看一本。

"哎，你是第一次到这个城市来吗？"

我小声询问道。一到休息时间，估计大家都会好奇地围拢过来，铃木转学来那时便是如此。机不可失，要问只能趁现在。

"嗯。"转校生点头道，他的声音如女孩般清脆婉转。

"真少见啊，从熊本到这种乡下城市？"

"嗯，我妈妈的老朋友住在这里呢。因为这层关系，我就转学过来了。"

"你妈妈叫什么名字？"我的声音发紧。

"叫朝美，怎么了吗？"依那古一脸奇怪地歪着头问道。

"没什么，依那古这个名字很少见吧，可我总觉得好像在哪儿听到过呢。"

依那古朝美……这绝非偶然。我压抑着内心的波澜，慌忙向转校生解释道。

他似乎对自己的名字所引发的好奇已经习以为常，表现出理解的样子："是呢，不过妈妈说她也是第一次到这里来。"

"……那或许是另一位依那古吧，你之前一直待在熊本吗？"

"我可是生在熊本长在熊本的哦，看起来不像是九州男儿吧？不过我爸爸的体形也比较瘦弱，估计是遗传。"依那古耸耸肩，有气无力地笑了。

"哦，原来是像爸爸。看你长得那么可爱，我还以为你长得像妈妈呢。"

"对于九州男儿来说，'可爱'可不是一个褒义词哦。不过脸总的来说还是更像妈妈吧，别人经常说我们的眉眼简直长得一模一样。"

　　他在说到"爸爸"时与在说到"妈妈"时，神情并不一样。
　　"比起爸爸，看来你更喜欢妈妈呢。"
　　这倒是跟我正相反。我一面这么想着一面漫不经心地说道。
　　"因为我现在跟妈妈两个人生活在一起。"
　　他回答道，像是有什么家庭隐情。
　　"对不起。"
　　我坦率地道歉道。
　　"没关系，对我来说他也不是一个好爸爸。谢谢你跟我说了这么多。我第一次转学，紧张得很，谢谢你。"
　　他的脸上绽放出笑容，从桌子底下探过手来跟我握手，我也悄悄地伸出右手。罪恶感从这只被他握住的手蔓延至全身，回过神来时，我才发现自己浑身是汗。

　　"喂，桑町，怎么回事？又是跟铃木有关吧？"
　　一下课，市部果然就过来抓住了我的胳膊，力气大得简直要将我的胳膊弄出淤青来。他喘着粗气，把我拉到了一个无人的地方。
　　我顶不住市部灼人的视线，不由自主地低下了头。
　　"果然如此吗？那么，你向那家伙问了什么？不然，你怎么会对依那古这种名字……"
　　最近没有发生什么引人注目的案件，市部大概也摸不着头脑，他想不到我问的是将近一年以前的案子。

"我再弄清楚一点后就会告诉你的。"

"这样好吗？到时候吃苦头的可是你自己。"

市部脸上露出小夜子一般的表情向我步步紧逼，我知道他是在担心我，可……

"嗯，但是眼下还不行。"

我断然拒绝了，尽可能地看着市部的眼睛。

本该意外死亡的川合实际是他杀，而且凶手还是今天刚转学来的依那古的母亲。这种事可不能贸然说出口，哪怕只是一句戏言。

与此同时，我还必须将迄今为止的所有来龙去脉，包括自己长久以来对赤目的怀疑在内，都向市部和盘托出。还有我之所以成为今天的自己的原因……我还做不到，光是一想起就令我心如刀割。

"但是啊，你一个人能做什么？"

"我可以的！"

我含泪瞪向市部。这是我最不想听到的话，到目前为止，我什么都没能做到，我只是像信鸽一样把铃木的话传到侦探团。当然，这回或许也什么都无法做到，可我不想放弃。

看到我如此强硬的态度，市部似乎也意识到自己说得过分了。

"事后你一定会告诉我的吧？"

"嗯，我答应你。"

事已至此，总有一天必须向市部坦白，我明白。

市部虽然脸上还有些疑虑，但还是决定姑且作罢。他紧抓不放的手终于松开了我的胳膊。

"话说，你有没有找新堂商量过？"

"……没有。"我直率地回答。

市部听完只默默地点了点头，像是在说"是吗？"。

"那里面就是我现在住的房子。"

我们站在市郊的坡道前，眼前是成片的房屋，依那古指着其中一栋特别大的老宅说道。宅子四周围着长长的土墙，露出漂亮的茅草屋顶。

一问才知道，原来依那古母子借住在朋友家的偏屋。这位朋友是依那古母亲大学时代在社团的朋友。朝美出生于冈山市，在东京的大学与丈夫相识相知，毕业后就立刻结婚，远嫁到了九州岛。

我问依那古他们为什么不回冈山外婆家去，他说因为当时母亲和父亲两人的结婚形同私奔，所以现在很难回去。目前，他们正在进行离婚调解，在一切尘埃落定前会暂居此地。

"所以根据具体情况，我在毕业前可能还要转学，好不容易交到朋友……"

依那古露出寂寞的笑容，但我没能很好地报之以笑容。

总之，母子二人都是第一次来这座城市，这跟我之前听到的一样。不过，既然这个朋友愿意在危难时刻收留他们暂居偏屋，那么就算他们此前曾来玩过几趟也不稀奇。而对于杀人这种可憎的记忆，凶手事后必定想将之抹除忘记。

"说起来，我听说下个月就要举行马拉松大赛了，比赛选在这个时期还真少见啊。我以前所在的城市里，每所小学都是在二月中旬举办的。"

"旁边的霞丘小学好像就是二月份，以前我们学校似乎也是二月份，可接连几年都因为大雪而不得不取消，后来就改为十二月份了。"

"原来是这样，那我稍微练习准备一下吧。"

依那古的声音里透着一丝跃跃欲试的喜悦。

正当我感到纳闷时，他说："你别看我这么瘦弱，马拉松可是我的强项。"

"真是人不可貌相呢。"

我毫不掩饰自己的钦佩之情。我不擅长运动，马拉松也一样，虽然途中不会慢吞吞地走，但抵达终点的速度却绝对称不上令人满意。

"马拉松大概算是我唯一擅长的体育运动了，从一年级开始，我就总是年级前十，年年获奖，因为前十名就能拿到奖状，这也算是我的骄傲吧。这个学校有奖状什么的吗？"

"奖状倒是没有，不过会给每个人发一张漂亮的卡片，上面写着名次。"

卡片设计得非常精致，上面印着校徽与数字，数字为月桂树所包围，还覆了膜以便保存。但因为我的名次比较靠后，我总是随手一丢，后面就不知道去哪儿了。

"卡片吗？这也不错，只要能保留下来。"

奖状收集者的干劲似乎并没有因为奖状的有无而有所变化。不过若我的名次也是个位数的话，或许我也会好好珍惜那张卡片。

"那我就先走了。"

下坡后，依那古与我道别。虽然绕了点远路，不过知道了依那古家的位置也算是有所收获吧。尔后，我在街上溜达了一阵，看时间差不多了，又转身折返，悄悄来到依那古家附近。然而，囿于高高的土墙，我完全看不到宅子里的情形，只见到主屋的茅草屋顶。因这个宅邸占地面积颇大，从外面几乎听不到里面的声响。

虽然明白这是徒劳的挣扎，但我还是尝试着把耳朵贴到土墙上。忽然，我感到一阵沮丧——我的行为简直同跟踪狂无异。我自己最讨厌表面上假装是朋友，背地里却偷摸打探的人。虽说是为了真相，但沦为这样的人实在令我不齿。

我难以忍受良心的苛责，意欲往回走，就在这时，我感到身后有人。

莫非被依那古发现了？

一瞬的焦虑后，我发现身后的人并不是依那古，而是一个更加出人意料的人物——赤目。

"为什么……赤目你为什么会在这儿？"

我压低自己不自觉变高的嗓音问道。从春天开始，我就没怎么和赤目说过话。最初是我，后来是赤目主动拉开了我们之间的距离。

"跟你的理由一样。"赤目得意扬扬地回答,接着又微微一笑,"也可以说是因为你吧。"

他说出这么一句话。

"什么意思?"

"你好像忘了我有喜欢躺在屋顶上的习惯。"

赤目的话一下提醒了我。

"难道……你听到了我跟铃木的对话?"

赤目"嗯"地点了点头:"别这么大声,这里不好说话,我们去前面的公园吧。"

赤目说着就要来拉我的胳膊,被我冷冷地甩开了,不过我还是同意道:"确实还是好好商量商量为好。"

幸好公园里没有人,秋千附近可以放心地说话。

"有关铃木的传闻在我们班也传得沸沸扬扬,不过我完全没想到你会认为高夫是遭人杀害的。高夫真的是被杀害的吗?"

"不,我并没有什么证据……只是这么感觉而已。要是有证据的话我早就告诉老师或警察了。"

我实在说不出口自己此前一直对赤目有所怀疑。

"感觉吗……还是算了。"赤目像是要说什么,又像是领会了什么似的点了一两次头,接着说道,"我想之前我也说过,我跟高夫是同一天在同一个医院出生的,可谓是注定的朋友。如果他是被人杀害的,那我就必须为他报仇。这是他留给我的使命。"

此刻赤目的眼神比向我表白时认真数倍,他字斟句酌道:"依那古朝美,是那个从熊本来的转校生的母亲吧?"

"嗯，但是铃木的话也不一定正确。"

被一个最棘手的家伙偷听到了我和铃木的对话，我感到懊悔不已。为什么没有在屋顶多确认一下呢？我咒骂着自己的疏忽大意。但是……铃木一定有所察觉，他明明知道赤目在场，也明明知道赤目是高夫的挚友，却仍毫不顾忌地说出了凶手的名字，这家伙的恶趣味还是一点没变。不过，铃木的事暂且不管，现在必须要做的是，如何应付赤目。

"事到如今，还有什么好说的？如果他不是'神明大人'，又怎么会知道一周后转学来的依那古呢？"

"虽说是转学来的，但也不是当即就能决定的，可能是事先跟老师打招呼的时候被铃木偶然听到了呢？"

我试图让他冷静下来，但这说辞连我自己都觉得毫无说服力。赤目似乎很兴奋，把锈迹斑斑的秋千晃得吱吱作响。

"这不奇怪吗？如若这么说的话，铃木是有意告诉你虚假的信息吗？他为什么要这么做呢？"

"不知道，可能因为他是一个居心不良的家伙吧。"

"你是不想让我插手吧？"

赤目一语中的，我不由语塞，想转开视线，可赤目的眼神却紧追不舍。

"要不要联手？"

突然，赤目提议道。

"你认为我会暴躁到失去理智吗？放心，我才不会那样呢。我知道，铃木的话根本成不了证据，当然我也不会四处向别人散布。"

看来他还算有一定的分寸，我不禁松了口气。与此同时，因长久怀疑他而产生的愧疚感又浮上心头。

"要不要联手？"

赤目再次开口道，并伸出手来。

我只好接受。

赤目的手掌黏糊糊的。

赤目的行动力远胜于我，抑或说是远超于我的预想。在精明能干方面，他或许比市部还略胜一筹。虽然班级不同，但不知何时他已跟依那古的关系变得相当要好，好到周末可以去依那古家做客的程度。

这次去依那古家做客的人有赤目和班上的两个男生朋友，再加上我。

赤目交际甚广，因而并不令人觉得有什么违和感，但同行的同学大概会对我的在场抱有疑问吧。不过才搬来不久的依那古当然察觉不到其中的微妙，他似乎误以为我们一直以来都是好朋友。

从主屋穿过院子有一道竹篱笆，竹篱笆的尽头就是这座民宅的偏屋，里面的设施一应俱全，完全能够独立自主地生活。虽然只有两个房间，绝对谈不上宽敞，但作为母子二人的暂居寓所却是绰绰有余。除此之外，无须进到主屋，通过侧边的便门即可外出。我们这回也是穿过土墙的便门后，便被直接邀请到了偏屋。

"搬家后还没整理收拾完，真是抱歉呢。"

依那古朝美有些不好意思地看了眼墙角高高堆叠的纸箱，笑着说。一笑，她的脸颊上就露出了迷人的酒窝。

依那古朝美，三十二岁，尚属年轻，大概是在大学毕业后立即结婚生下了依那古。准确地说，应该是先有了依那古而奉子成婚的。

在旧友的介绍下，她现在在一家土木公司当事务员。朝美一头及肩的长发，美丽而温柔。她举止优雅，淡淡的薄妆与她十分相宜，看起来是一位温柔贤惠的母亲。依那古的父亲打算跟这样的美人分手吗？真是不懂珍惜。我将朝美与弃我们而去的母亲相比较，不禁心生羡慕。

"不好意思，都是些现成的东西。"

她在所有人面前都放了一块奶油蛋糕，这是市政府前有名的甜品店的蛋糕。

"我本来是想用熊本的点心来招待你们的。"

"我妈妈很擅长做甜点的，在以前的家里也受到了我朋友的一致好评呢。"

在如此温馨的气氛里，我一度完全忘记了她有可能是杀害川合的凶手。

赤目的一句话，将我的思绪拉回到了现实。

"话说，我好像以前见过你妈妈，你们之前有来过这里吗？"赤目吃完蛋糕后不动声色地问道。

"我？"朝美颇感意外地反问道。

"印象中大概是二月份的时候吧。"

"会不会是认错人了呢?我是第一次来这里。"朝美讶异地歪着头说。

"是吗?因为那个人非常漂亮,我想应该不可能认错,好像是情人节的时候。"

赤目不时朝我使眼色示意我帮忙,可我跟市部不一样,并不擅长说谎,要是我说什么"我也见过"之类的话,很可能就会露出马脚。

"情人节?那你一定是认错人了。"

凝滞的气氛中,依那古开口,并对他母亲说道:"嗯……那时候我正好在住院呀。"

"啊,是呢。"朝美附和道,"那时候我每天都去医院看望你,当时可真是一言难尽,本来以为动完手术就好了,谁知道还要再开膛剖腹。"

母子二人沉湎于往昔的回忆,气氛安详和睦。

过了一会儿,依那古看向赤目说道:"我在情人节的前一周做了急性阑尾炎手术,但术后的恢复状况并不理想,又不得不住院了半个月,当时我妈妈就一天不落地去探望我。

"因为见面时间有限,所以可发愁了。

"不过话说回来,爸爸却只来了一次……"

依那古小声嘀咕道。我坐在旁边,假装没有听到。住院期间父亲居然不来,这简直难以想象。想必那时他们的感情就已经比较冷淡了。

"不可以这么说。"

朝美似乎听到了，正色斥责道。

"对不起……所以妈妈不可能到这里来。赤目君看到的一定是一个跟我妈妈长得很像的人吧？俗话说，这世界上有三个和自己长得一模一样的人。"

"不过，如果这个城市里有和我长得一模一样的人，那真是太巧了。因为不管怎么说，世界上仅有三个人吧。"

依那古的母亲信以为真，语气悠然，但又透露着几分惊讶。而在新证词的面前，赤目也不得不中止了这一话题。

之后，我们又其乐融融地东拉西扯地闲聊了一阵。赤目打算再试探一下。

"话说，你们知道盛田神社吗？"

"盛田神社？"朝美像是初次听闻，一脸疑惑，不像是在假装。

"是桥对面山脚下的那个神社吧？"班里的一个同学随口回应道，"一到晚上就有什么丑时参拜之类的。"

"你又来了，说得好像自己真的看到过一样。"另一个同学讥讽道。

这却使他认真起来，他说道："真的，我看到过木头上有一个五寸钉的洞眼。邻居哥哥说他把掉落在木头底下的钉子捡回来了。"

"只有钉子？稻草人呢？"依那古来了兴趣，好奇地问。

"稻草人倒是没有看到……"

"可是那种钉子带回去不要紧吗？"

第四章 情人节旧事

"谁知道呢?那个哥哥去年高考失利,现在在复读,或许就是因为这个吧。"

"一定是被诅咒了,最好驱驱邪。"两人异口同声道。

朝美在我们身后默默地听着,一声不吭。对于盛田神社这个名字她也没有表现出什么特别的反应。赤目的试探看样子再次失败了。

回家路上,和那两位同学分别后,只剩我和赤目两个人的时候,赤目压低声音对我说道:"我调查了一下,依那古的父亲已经寄来了离婚申请书,可他母亲这边似乎还恋恋不舍,执意不肯盖章签字。"

"你调查得可真详细呢。"我惊讶得不知道该说什么。

赤目竖起大拇指,咧嘴露出得意扬扬的笑容:"我以前就很擅长跟那些喜欢八卦的阿姨聊天呀。"

"既然如此,她为什么要从熊本市搬到这种地方来?她应该不想离婚吧?"

"好像是她丈夫那边实在太自私,既想要抚养权又想要监护权,雄一的母亲当然不可能答应。可她丈夫的亲戚却是一副要强行带走雄一的架势。因为在当地,只有雄一的母亲是外来人,没有一个人帮她。"

"所以她就依靠着大学时代的情谊来到此地了对吗?真不容易呀。不过这样一来,她不就真的是第一次来到这里了吗?"

"听她同学的邻居们说,好像确实如此。"

赤目脸上浮现出非常困惑的表情。

163

"可能依那古朝美真的和高夫的死没有关系吧，刚才也说到当时她每天都去医院看望依那古。从熊本市到这儿的距离可不是一天就能往返的吧？

"但是呢，也可能因为某个原因中间有一天没有去。半个月里只有一天没去的话，事后以为她每天都去了也不奇怪吧？"

"是吗？难道不会更加印象深刻吗？"

当我看到那对母子和睦的身影，我甚至觉得我们或许真被铃木骗了。

时机，大概到了。

"那个，赤目……"

"哎，桑町，你相信那个铃木吗？"

赤目的内心似乎也对朝美是凶手这一说法有所动摇。

"我不相信，我应该一开始就说了。"

"是啊，抱歉，抱歉……另外，我还想问一个问题。"

"什么？"

"我一直在想，你期待着铃木作出怎样的回答。如果不是依那古的母亲，凶手也可能是你都不认识的人吧。"

"……"

"后来我一直在想，你心里认为的凶手，会不会是我。"

我嘴上没有回答，但脸上的表情却出卖了我。

"果然如此吗？"赤目显得有些哀伤，"那我也跟你坦白吧，其实，我也想过会不会是你。"

"我？"我吃惊地盯着赤目，但我知道我没有资格责备他。

"我以前怀疑桑町你是不是因为他纠缠不休,而把他推进了池塘。"过了一会儿,赤目有些害羞地低下头,"所以当时我很想保护你。意外发生后的一个月里你一直都很消沉,我就想,就算你杀了他,我也应该能够保护你吧。可之后你却剪了头发,对我表示出明显的拒绝,于是我又担心你会不会就这样一直消沉下去。"

赤目怀疑我确实也情有可原,他知道案发那天我与川合在神社见过面。

"桑町,我再次向你请求,请跟我交往吧。"

"为、为什么在这种时候?"我结结实实地吃了一惊,"这跟我们前面所讲的话完全不搭界吧?"

"是吗?我只是直截了当地表达了自己的内心而已,而且从那以后我再也没有交女朋友了。我们对高夫有着共同的回忆,走到一起难道有什么问题吗?"

赤目说着握紧了我的双手。不知是否因为认真程度的差异,不同于上回,这次我无法轻易甩开他的手。

"等等,这不就好像我以前喜欢川合一样?"

"不要在意这些细节啦,高夫也会在天国守护我们的。让我们一起尽早找出真凶吧。"

赤目有些失去理智,就好像以前一样。我不明白事情怎么会变成这样。赤目抓着我的手把我拉向他,我拼命反抗。

"喂,赤目,你在做什么!"

大喝一声的,是骑着自行车的市部。

"桑町不是不愿意吗?"

市部骑着自行车直撞了过来,迫于形势,赤目猛退到了一米之外的草丛里。

"你没事吧?"市部单脚撑地,向不知所措的我伸出手来。

"喊,白马王子吗?"赤目站起来,不甘心地掸了掸牛仔裤上的泥土,"真是个丑陋的白马王子呢。算了,但是桑町,你考虑考虑吧,我对你始终都是认真的。"

赤目留下这句话,步履有些不稳地转身离开了。

"你帮了我个大忙,市部。"我感谢道。

"你跟赤目关系很好呢。"市部的眼神相当冷峻。

"没那回事。"

"哦,是吗?"市部抱着胳膊俯视我,"赤目也参与其中,莫非,跟川合的意外有关?"

我就知道,随着诸多事实一一呈现,市部终归会找出答案。

他把我的沉默视为肯定,接着说:"那原来不是意外而是他杀吗?"

就连市部也显得出乎意料,他瞪大的眼睛中露出动摇的神色。

"不过桑町你又为什么知道?如果你不怀疑川合是意外死亡,应该也不会去问铃木。"

事到如今,我再也瞒不下去了。何况市部于我还有恩情。

我向市部坦白了一切。

"也就是说依那古的母亲是凶手,而现在你跟赤目联手了,对吧？"

听完之后，市部像是在整理信息一样闭上了眼睛。过了好一会儿，他又继续说道："不管那家伙有过多少证明他是神明的先例，这一下子也真是令人难以置信。"

市部没有触及我的旧伤，我很感激他的这份温柔。

"那么，你打算就这样和赤目一起调查吗？"

"不。"我摇了摇头，"不过跟刚才的事没有关系，是我在去依那古家时想到的。我不认为川合是他母亲杀害的，也不认为他母亲在说谎。也许只是我太天真了，我已经到极限了，我不想继续戴着面具欺骗依那古——这是我刚才想对赤目说的话。"

市部听完后深深地点了点头，以一种父亲般包容的语调说："我觉得这样比较好。你并不适合当侦探，另外想必你早就有所察觉，那个铃木相当险恶。"

3

数日后。

临近马拉松大赛的周三晚上七点多,赤目打来电话。自从上次以来,我再未与赤目见过面,只单方面跟他说明了原因,表达了退出调查的意愿。

"今晚你能来盛田神社吗?真相大概要浮出水面了。"

在他略带兴奋地反复说着"真相"的声音中,以及"这是最后一次了"的恳求中,我心软了,决定陪他这一次。

本来就是我把赤目卷入其中的,我至少得履行一次义务。

约定的时间是深夜十二点三十分,一个非常违背常理的时间。

我信了赤目所说的"最后"这个词,悄悄留意着父亲就寝的声音,伺机溜出了家门。

我真是一个坏孩子。

我一来到参道前,就看到赤目拿着LED灯坐在石阶上,胸前还挂着一台数码相机。

"这么晚叫我出来,到底是怎么回事?我应该可以相信你吧?"

在离他两米远的地方,我警惕地问道。

"别担心,我可是绅士,我保证不会做出像上回那样粗鲁的行为。我一定会解开高夫被杀之谜,凭借自己的实力让你迷恋上我的。"

赤目昂首阔步地走上了石阶,我忘了带手电筒,但月亮足够明亮,所以也没有必要。

一到神社的范围内,他就向祠堂旁的大树走去,绕到背后坐了下来。

"这是个蹲点的好地方。"

我也只得在他边上坐下。与参道不同,树林里,月光被枝叶所遮蔽,显得幽暗阴郁。冷风吹动着树叶沙沙作响,一切令人毛骨悚然。

"差不多该告诉我了吧,你为什么要到这里来?"

"昨晚我终于抓住了侬那古朝美的狐狸尾巴,今天来这里是为了取得证据。"

"究竟是怎么回事?"

赤目伸出食指,像是要堵住我的嘴。

"你马上就会知道的,百闻不如一见。但你得答应我,无论看到什么都绝对不能发出声音。"

赤目的脸上出现前所未有的严肃神情,我老实地顺从了。

大概过了有二十分钟吧,山下传来自行车停车的声音,接着是拾级而上的脚步声。

走完参道后,脚步声暂时停止了。鸟居之下,是沐浴在月光中的朝美。

她一身死人般的白色装束,手里拿着锤子和稻草人——我立刻明白她是来干什么的了。

丑时参拜。

惨白的脸色和阴气逼人的表情说明了一切,上周所见的温柔而优雅的神情,在她的身上消失得无影无踪。

朝美打量了一圈周围,确认四下无人后,向祠堂深处走去。

不一会儿,从森林深处断断续续地传来了尖锐的金属声。光听声音就知道,她在敲钉子。

"怎么回事?"我看向赤目。

"大概案发那天她也来了,正好碰到了高夫。据说在丑时参拜的施咒过程中被人看见的话,如果不把那个人杀掉,诅咒就会反噬自身。"赤目小声回答道。

"但是,依那古说那时候朝美每天都会去看他。"

"依那古要么是在撒谎,要么就是弄错了。因为在之前二月中旬的马拉松大赛中,依那古每年都得奖吧?要是依那古是在情人节前一周进行的手术,然后又因恢复状况不佳住院了有两个星期之久,那绝对不可能。他也许是同白色情人节搞混了呢?"

这么说来确实矛盾。

这期间,铁锤敲钉子的声音一直在林间回响,每一声都加剧了我的不安与惶恐。

突然,赤目悄无声息地站了起来。

第四章 情人节旧事

"你在这里待着。"

"你要去哪儿?"

"当然是去报仇啦!你在这里看着,我一定会让你迷上我的。听好了,在我给你打信号前,你就待在这里。"

赤目把相机拿在手中,蹑手蹑脚地绕到祠堂后面,逐渐隐入森林消失不见。不久,一道相机闪光灯的光线从森林中穿射出来。

在闪光灯的照耀下,从我的位置也能看到朝美。与此同时,我还看到了钉在她头顶的稻草人。

赤目对着回头的朝美再次按了下快门。

"快跑!"

随着一声令下,我朝石阶飞奔而去,赤目也是同样。但是,祠堂旁边大树的根系高高隆起,形成了一个高达十厘米的拱形,绊住了赤目的脚。

当我跑到石阶附近回过头去时,映入眼帘的是慌忙起身的赤目,以及即将扑身而上的朝美。朝美的右手挥舞着铁锤,眼里充满确凿的杀意与疯狂。

那是杀人者的眼神。

"危险!快躲开,赤目!"

然而,已经来不及了,随着朝美挥舞而下的右手,赤目含混的声音传入了我的耳膜,挥之不去。

"赤目!"

喷涌而出的鲜血令朝美陷入了短暂的惶恐,但她马上又使出浑身的力气挥下铁锤。

171

大概三次后,赤目没有了任何反应,朝美立刻把视线转向我。

我必须逃跑……必须叫人……但我被吓得瘫软无力,连一步都走不动了。我把手搭在鸟居上,这样站着已经竭尽了我的全力。

"你也看到了吧。"

朝美的声音不带一丝感情,简直不像一个活人。在月光的照耀下,不断靠近的朝美脸上死相森然。

"凶手!"

我声嘶力竭地喊道。然而喉头发干,溃不成声。我想要大声尖叫,可在这关键时刻,声带却罢工了。当然,我的脚始终不听使唤。

四米,三米,两米,朝美趁我动弹不得,缓缓接近。

一米,伴随着血腥味,朝美的呼吸声、心跳声,清晰地传到了我的耳朵里。就在我抱着必死的觉悟,不由自主地闭上眼睛的时候——

背后出现了一个拿着金属球棒的男人插进我与朝美之间,他用尽全力挥动球棒,球棒击中了朝美的右手,伴随着骨头碎裂的声音,铁锤猛地飞向远处。

"快,趁现在快跑!"

这个声音我很熟悉,睁眼一看,是市部。

"市部……"我下意识地抱住了他。

"昨晚,赤目死了,依那古朝美也坦白了一切。还有,依那古今天被他在熊本的父亲带走了。"

第四章　情人节旧事

市部过来探望，并告诉了我这些，现在已经是事发三天以后了。

他说，那天正好从房间看到我赶夜路过去，就拿了金属球棒与父母的手机，慌忙跟在我身后。毫无戒备地从市部家经过是我的疏忽，但从结果来看，这却救了我的命。

之后，市部拉着我躲进了附近的民居里。其间，市部联络了警察并呼叫了紧急救护车，而我则失去了意识。再次醒来时，我已经回到自己的房间。父亲忧心忡忡地看着我，眼睛下面是重重的黑眼圈，他大概彻夜未眠。父亲一句责备的话都没有说，只是问我有没有事。

尔后的三天，我一直卧床不起。事发后的翌日早上，刑警过来询问情况，我把能说的都说了。铃木的事我不知道怎么说才好就索性略过了，而赤目，虽然很对不起他，但我对刑警说是赤目怀疑朝美。刑警是否全部相信，我不知道。

我现在只挂心依那古，他那么喜欢他的母亲，现在被带去了父亲身边，不知是否安好。

"听说她知道盛田神社的来历之后，就开始了丑时参拜，只为了诅咒丈夫的情人。她似乎还深爱着她的丈夫，也许以为情人死了丈夫就会回到她身边。"

市部朝穿着睡衣躺在床上的我，平静地说道。

"这么说来，二月份她也进行了丑时参拜？"

出人意料的是，市部摇了摇头。

"据说这是第一次，应该是桑町你们去她家里的时候，她听说了盛田神社的事，受到了启发。"

"怎么回事？难道朝美并没有杀害川合吗？"

"这只是铃木的回答吧。"

市部嘴里说着含糊的话语，我在一旁努力理解他的话。

"朝美二月份没有来，这是千真万确的，原因是那时候她得了阑尾炎住院了。而因为你所提供的赤目怀疑她的证词，再加上杀人现场的情况，警方将她在川合意外死亡那时候的不在场证明也调查得一清二楚。"

"啊，住院的不是依那古吗？"

"你们好像搞错了，住院的是朝美，依那古每天都去探望，所以依那古参加了那年的马拉松大赛也一点都不奇怪。另外，你跟川合分开的时间是在傍晚，而丑时参拜则是在深夜一点才开始，两个人在时间上有着七个小时以上的时间差。况且川合身上也没有像这次一样的跌打瘀伤，如果有，当时就不会被认定为意外死亡了。所以他的死跟丑时参拜没有关系。"

"也就是说，假如我们没有谈及盛田神社，朝美就不会对丑时参拜感兴趣，赤目也就不会被杀害。"

"虽然很残酷，但确实如此。"

的确太残酷了，纽扣到底是从哪儿开始扣错的？我攥紧了被子。

"那么，铃木的话完全是一派胡言吗？"

"希望如此啊。"市部又回到了含糊其词的问答模式，"况且，我们牵涉得太深，也流了太多的血，要对他视而不见，假装不知，

第四章　情人节旧事

已经不可能了。"

他以一种下定决心的表情凝视着我说道："我最初也想不明白，听完你的话后，我想川合的死可能跟丑时参拜有关，但其间又发生了住院事件，我的思考最终止步于此，怎么也想不通。以至于我甚至还想过会不会有一个同名同姓的依那古朝美，或者真的是铃木的谬误。不过，因为赤目被杀，我好像多少明白了点铃木的真意是什么。"

"真意？"

"嗯，也可以说是恶意。从现在开始，我希望你把这些都看作是铃木相扑台上的游戏。如果铃木的话是正确的，那么三天前在神社被杀的就不是赤目正纪而是川合高夫。"

"这是怎么一回事？"

话一出口我就后悔了，第六感告诉我，再往前的领域，不得涉足。但为时已晚，市部以一种令人毛骨悚然的声音说："赤目与川合在同一天于同一个妇产科出生，当时两人被抱错了。"

"你的意思是，赤目就是川合，川合就是赤目？"

"要相信铃木的话，只能这么想，别无选择。川合的父亲在儿子出生前就已经取好了名字。即便他最后被命名为赤目正纪，但在母胎之中，或出生的瞬间他就是川合高夫了。于是三天前，如铃木所言，川合高夫被依那古朝美杀害了。"

"那么，那不是千里眼，而是预言？"

我不由得坐起身。铃木所怀的恶意，远超乎我的想象。不，他正以此为乐，毫无疑问，他是邪神。

我向铃木询问凶手，正巧被赤目偷听，而招惹朝美的人，便是赤目。不，如若真如铃木所言，川合被朝美杀死了，那么因果关系完全是被颠倒了的。

　　抑或是，那家伙操纵着因果？

　　"那家伙总是夸口，说神明位于因果之外。"

　　"那二月份的凶手究竟是？"

　　"川合，不，真正的赤目也许死于意外，也许死于他杀。我不知道。"

　　市部一脸无奈地缓缓摇了摇头后，又以严肃的神情逼问我："你还要再向他询问答案吗？"

　　下颌震颤不止，我像是逃离一切似的钻进了微温的被窝。

CHAPTER 5

第五章

与比土的对决

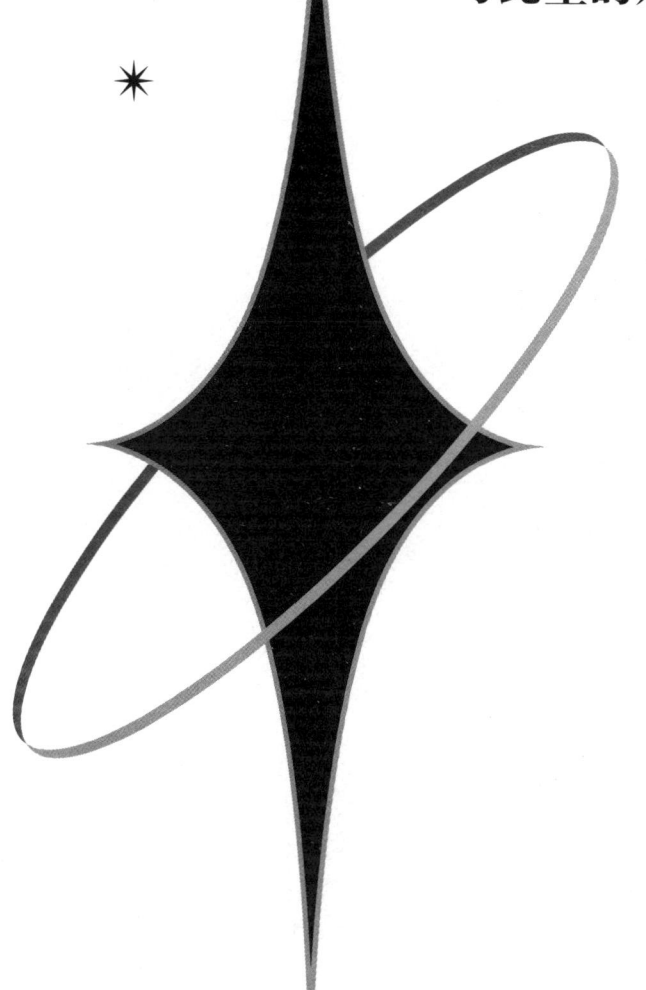

1

"凶手是比土优子。"

在我——桑町淳的面前,"神明大人"如此宣告道。

他当时是什么表情,我现在已记不清晰。因为当时的地点在体育馆后面的昏暗仓库里,再加上年末的阳光透过铃木背后的铁窗格子玻璃照射进来,他当时正好处于逆光的位置。

然而,最大的原因是,一听到她的名字,我的大脑就一片空白。因为我跟比土很熟,她也是久远小侦探团的成员。

"想不到居然是比土……凶手真的是比土吗?"

我的声音发颤,再次询问道。明知答案是确定的,明知不可能再有其他回答。

神明口无虚言,分毫不差。由于这个设定,神明绝不会说错。不出所料,铃木轻轻点了点头,说了句"是啊"。

"你无法相信吗?"

他口中说着杀人的事,语气却是轻快的,仿佛在就昨天看到的综艺节目进行闲谈,聊聊感想。例如,那个艺人老是咬到自己的舌头呢,切画面时东张西望被发现了呢……诸如此类无关紧要的话题。

当然，他的语气一直都很轻快，对于神明而言，人类是微不足道的存在。一旦倾注感情，那就不可收拾了。

我之所以对他容忍至今，一是因为遇害者都与我关系颇远，再是凶手虽多为我熟人的家人，但毕竟不与我直接相关。

然而，这次被指认的凶手是比土本人，被害人则是……

"当然！"

我尖叫道，尖锐的声音在裸露的水泥墙间回荡。这声尖叫既出于真心，亦是无心。我无法阻止自己，我无法轻易接受这个回答。

"遗憾的是，我只是陈述事实，信不信取决于你。"

这个神明，宣称自己是神明，宣称自己全知全能，但不知为何，却唯独不说"相信我"，却唯独不将信仰强加于人。我倒是更希望他强逼我相信，这样我才能断然拒绝，心无所累。

而铃木却仿佛在试探我的理性一般，向我挑衅。那模样，已经不是神明，而是恶魔。

过去，铃木曾明确表示过这个世上不存在什么恶魔。恶魔是人的软弱之心凭空捏造出来的幻象。这个世界上存在的理外之理唯有神明，唯有铃木一人。

"因为这个世界是我创造出来的，我不记得我曾创造过什么叫恶魔的东西。恶魔不过是人类的傲慢之心，要是恶魔有着接近于我的能力，他又为什么要特意与人类接触呢？"

"恶魔难道不是以人类的不幸为食粮吗？"

"人类的不幸并没有多大魅力，会那么想的，在地球上只有你们人类。若考虑个体存活率，鱼虫鸟兽等生物更为不幸。比如翻车鱼一次产下三亿个鱼卵，但能平安长大的却只有其中的寥寥数条。换言之，也就是说一条翻车鱼诞生了三亿个不幸。只有那些想要夸耀不幸，想要将自己或己方不幸的责任转嫁他人，抑或是博得同情的人，才会搬出恶魔的名号。恶魔只存在于人的念想之中。"

"可是你号称作为比恶魔更强大的神明，不也特意降临到了人间吗？说不定连恶魔也来打发无聊了呢。"

我指出了他话中的矛盾之处。

"即便假设有那样的存在，为了打发无聊而做坏事，不就跟恶魔的定义有所出入吗？既然如此，人类也差不多吧。"

若从并非纯粹之恶来看，确实如此。力量强大的人肆意欺凌弱小的人，这在世间随处可见。

"那么，你不就是恶魔吗？你对我的所作所为，都充满着恶意。"

"我可是神明，恶魔无法创造世界，用词要正确。就像把柴油机车说成电车，把自行火炮[①]说成战车一样，都是不可以的。追根究底，这个世界本就没有正义与邪恶之分，上述概念只是人类为了便于自己生活而擅自创造出来的。故而，有时人们会因立场的不同而引发冲突。"

---

① 搭载火炮的车辆的总称。译者注。

作为绝对存在的神明,也许确实无须理会人类的正义。

"原来如此,所以身为神明的你,才能够采取恶魔般的态度吗?"

"恶魔般的,这又是一个方便的用语呢。不过我很高兴,你明白了这世上根本不存在恶魔。"

神明露出恶魔般的微笑。

我们在谈论恶魔的时候,还尚属和平。

而如今,这个站在我面前自称为神明的男生,在我看来却是如假包换的恶魔。定义什么的,见鬼去吧。这个世界可能就是由恶魔创造出来的。如果必要,我愿意信奉这个愚蠢的信仰。

因为铃木指认凶手是同年级的比土的这个案件,受害人是我的发小兼同学,新堂小夜子。

小夜子遇害是在上周四,她的头部遭受了数记金属球棒的重击,听说头盖骨的一半都凹陷了。凶手在小夜子丧命后并未停手,仍然固执地施以打击。大家都在私下传言,凶手对小夜子抱有强烈的怨恨。

尸体被发现是在下午一点三十分,大扫除结束后,距离第五节课开始还有五分钟。那时恰好预备铃响完。

尸体的发现地点是在视听教室的操作室。视听教室不在教学楼内,而位于另一栋被称为 B 栋的建筑之中。B 栋总共三层,里面主要是一些特殊用途的教室,比如音乐教室、美工教室、烹饪教室等。它通过一楼带屋檐的长长的走廊，与教学楼相连。

顺带一说，教学楼并不是 A 栋，A 栋在教学楼的对面，同样是三层建筑，里面有教职人员的办公室、校长办公室、图书室等。久远小侦探团借用的儿童会办公室也在 A 栋。

教学楼与 A 栋之间，从一楼到三楼都有短短的走廊，连通二者。也就是说，教学楼处于 A 栋和 B 栋之间。学校的正门玄关在 A 栋，B 栋则位于学校的最深处。运动场、体育馆、游泳池等都在校舍群的侧边，B 栋的深处只有划分校区的栅栏，再往前是一片郁郁葱葱的杂树林。许是因此，虽然 B 栋比其他的楼修建好的时间都要短，但总莫名给人一种凄凉之感。

视听教室就在这个 B 栋的一楼尽头，位于运动场和体育馆的另一端，也可称之为学校最深处的地方。视听教室的大小同普通的教室差不多，里面有固定的桌子、大型电视机、投影仪和荧屏等，旁通一个小房间，是视听教室的操作室。

操作室，顾名思义，是操作投影仪等器械的房间，室内除一些器材外，还装置着一块单面可视玻璃，以便即时掌握视听教室的情况。

小夜子的尸体被发现时，就倒伏在那个狭窄的操作室的地面上，旁边是一根满是鲜血的金属球棒。

当时，小夜子正在打扫卫生，操作室里只有她一个人。视听教室的打扫由我们五年级（2）班的学生轮流负责，案发的上周，轮到第五组的小夜子他们。分工是预先定好的，男生负责清扫地面，女生负责擦拭窗户，而操作室里没有需要清扫地面的工作，只会派一个女生去擦拭窗户。在美旗老师的指导下，不仅第五组，每个小组也都是如此安排人手的。因此，出事的时候，小夜子正一个人在操作室擦拭着窗户。

大扫除开始于下午一点十分，之后小夜子就一直待在操作室，直到二十分钟后她被发现。在此时间段内，我们并不知道她遇害的详细时间。

发现者是同属第五组的四个同学。由于预备铃响完后还不见小夜子回来，他们就去操作室叫小夜子，结果却发现小夜子倒在操作室的地面上。那时小夜子已然断气。第五组除小夜子外还有五个人，剩下的一个人在铃响后马上跑进了厕所，所以当时在场的只有四个人。

视听教室里装有隔音设备，所以谁都没有听到操作室里的动静。操作室有两扇门，一扇通向视听教室，另一扇通向走廊。凶手估计是从走廊径直闯入视听教室，杀害小夜子的。

然而，眼下还没有目击者。操作室的地理位置极利于凶手潜入作案。另外，除了一些爱表现的人，大家打扫时基本上都是不情不愿、心不在焉的，不大会有人注意到走廊上的情形。

作为凶器的球棒，是装饰在 A 栋屋顶出口处的赫拉克勒斯[①]像所持的金属球棒，俗称"赫拉克勒斯的棍棒"。

这尊赫拉克勒斯像过去一直装饰在大门口，它几乎同真人一般大小，是一位曾在久远小学执教的教师在三十年前制作并捐赠

---

① 赫拉克勒斯，希腊神话中最大的英雄，宙斯和阿尔克墨涅所生的儿子，有许多英勇善战的传说。译者注。

的。大约十年前，雕像右手所持的棍棒被人从柄部折断，不知去向。因为当时恰逢春假，所以有人认为可能是毕业生的恶作剧，最终就这么不了了之。制作这尊雕像的教师也早已退休去了外省，无法取得联系。从那以后，赫拉克勒斯的棍棒就一直保持着折断的模样。鉴于这破损的雕像实在有碍观瞻，学校就把它转移到了现在的位置，位于屋顶的出口处。

一年后，有人往它的右手里塞了一根金属球棒作为棍棒的替代，但由于原来的球棒柄还残留在雕像手里，所以只能用胶带强行将金属球棒粘住。

同样，也没有人知道这是何人所为。也许是挥舞着金属球棒的赫拉克勒斯显得格外幽默与协调，老师们没有要求把球棒取下来，也就随它去了。我进入这所学校的时候，赫拉克勒斯手中拿着的已经是黯淡无光的银色球棒了。

"赫拉克勒斯的棍棒"，原本指的是赫拉克勒斯手中所拿的球棒。但我们那时候，因果颠倒，把普通的球棒都叫成"赫拉克勒斯的棍棒"。这可谓是久远小学的俚语。

但这次凶手杀害小夜子时所使用的却是货真价实的"赫拉克勒斯的棍棒"。

最初，考虑到犯罪地点是在学校，时间又局限于二十分钟之内，从案发现场的情形来看也颇为明朗，凶手很有可能是因对小夜子心怀怨恨而痛下杀手的。如果同是小学生所为，那案件的侦破似乎更为轻而易举，大家都以为凶手会很快落网。

据丸山一平所听到的，因为没有目击证人，这件案子的侦破出乎意料得困难。除此之外,听说一个月前在离学校稍远的路上还有可疑人员出现,警方现在也同时在调查这一条线。不过,小夜子的身体上并没留下什么被猥亵的痕迹,加上作为凶器的球棒又原是 A 栋雕像上的,嫌疑最大的依然还是校内人员。

学校方面开始要求我们集体上学,课也只上到第五节,比往常提早一个小时结束每天的课程,并要求我们在放学后尽早回家。上课时其他空闲的老师则在走廊上巡逻。

整个校园都处于戒严令之下。

视听教室现在仍被禁止入内,位于正上方的音乐教室也暂时被禁用了。因为上课过程中只要底下一传来什么奇怪的声响,有些神经紧张的学生就会害怕不已。

一个星期过去了,案件侦破仍无进展。案发后的第二个星期四,怒火中烧的我忍无可忍,终于又去问了铃木。

得到的却是这样的回答。

2

从体育馆仓库回来的路上，我的脚步无比沉重。

我垂着头，一回到教学楼，就看到了站在走廊不远处的市部。他是我现在最不希望遇到的人，可要假装没有看到，逃之夭夭，却也来不及了。因为，他正快步向我走来。

"桑町……你不会是去问铃木凶手是谁了吧？"

市部果然十分敏锐。

"不。"我先是条件反射般地否认，随即又"嗯"地点了点头。我瞒不过他。

"为什么？我们不是说好了不再跟铃木扯上关系吗？"

赤目事件后，我不堪打击卧病在床时，曾坚定地向市部起誓不再跟铃木扯上关系，市部十分赞成。我很感激市部在神社救了我的命，也打定了主意不再接近铃木。

小夜子遇害时，我因为赤目事件的后遗症还没有去上学。距赤目事件的发生已过去了十余天，我终日窝在被子里发呆，形同废人。父亲顾虑到我的身体状况，并没有说什么。

直到星期四傍晚，我从市部口中得知小夜子遇害了。

最初，我还以为那仅仅只是一个性质恶劣的玩笑，虽然我明知市部不会开那种玩笑。可我无法相信，也不愿相信。然而，我听到隔壁小夜子家变得越来越喧闹，晚上，父亲阴沉着脸回到家告诉我的时候，我终于不得不面对现实。两天后，我被带去参加了小夜子的葬礼，看到"金碧辉煌"的祭坛上小夜子笑容可掬的遗照时，我终于明白，我必须接受小夜子的死亡，与她告别。

与此同时，一股憎恨之情在心底涌现。

我憎恨杀害了小夜子的凶手。

尔后，我铆足劲振作精神，再次踏入校园。刚开始，我根本没想过要向铃木询问真凶，因为我相信警方不日就会逮捕凶手，为小夜子报仇。

可是距离案件发生后已经过去了一周，侦破依旧毫无进展，我对此忍无可忍。在实际的调查过程中，一周的时间也许转瞬即逝，半个月或一个月后才将凶手缉拿归案也是常有的事，但是，对于已经知晓铃木这个"特效药"的我来说，对于日复一日只能看着小夜子课桌上的供花上课的我来说，哪怕短短一周的时间，都度日如年，漫长无比。

小夜子眉目如画，善解人意，被称为班里的"麦当娜"，无论男生女生都很喜欢她。周四的中午，教室仍处于这次事件所带来的晦暗阴影之中。我不经意间看向铃木，他，只有他，一脸若无其事地上着课。

我感到怒不可遏，与此同时，却也感到一种不可思议的安心感在心中蔓延——他和我们果然是不一样的人。

第五章 与比土的对决

就在这时,铃木突然转过头来对我微笑。他仿佛知道我正看着他。

那微笑也许是恶魔的微笑。我早已把自己与市部之间的约定抛到九霄云外,我必须向铃木问出凶手的名字,我无法再忍受自己对凶手一无所知的状态。我大概就像一个依赖兴奋剂的运动员。

结果,铃木的回答并没有治愈我,相反,更加剧了我的焦灼不安。那感觉,仿佛服用致幻剂后产生的恐怖幻觉。

"被杀害的是新堂,我能理解你无法释怀的心情。但那家伙的本性,你之前就有过切身体会了吧?"

市部说的我完全认同,可为时已晚。

"那么……他指认谁是凶手?"

市部的声音干涩而严峻,夕阳把他的身体染得通红。

我把嘴抿成直线,噤口不言,我不能说。

在此之前,铃木也曾多次将侦探团成员的家人指认为凶手,虽然令人难以置信,但确实有些指认得到了证实。有成员因此而离开侦探团,乃至于转学。

尽管如此,但那些终归只是侦探团成员的家人,并不是他们本人,中间还有所缓冲。可这次,却是比土本人被指认为凶手。

铃木说,侦探团成员比土就是杀害小夜子的凶手。

"莫非是我的名字?"

"是你做的吗?"

"怎么可能?"

189

面对我气势汹汹的质问，市部连忙否认。

"我只是觉得那家伙可能会这么说。对不起，说了这么无聊的话。"

市部打心底不相信铃木的能力，这从刚才的对话中就能看出来。正因如此，我才更不能说，市部不会把铃木的话照单全收。

比土喜欢市部，虽然目前为止都只是她的一厢情愿，但比土对此并不加遮掩，市部也心知肚明。因此，比土与市部之间已经形成了凌驾于其他侦探团成员之上的羁绊。而市部这个人，一直以来都善良温柔，所以他绝不会认同我所传达的信息，而只会夹在中间左右为难。

"对不起，我还不想告诉你。"我冷着脸拒绝了他。

市部表情阴沉，无言地盯着我。从运动场传来的学生们放学的喧闹声，连走廊里都清晰可闻。

"总有一天我会告诉你的，但不是现在。"

我不知道市部会对我的态度作何推测，他很敏锐，也许会极为精准地找寻出我想隐瞒的事情，我不知道那会是何时，但就目前来看，他似乎断定再追问下去也无济于事。

"好吧，现在就算了，我会以自己的方式去调查的。但是，你可千万不能自暴自弃，在濒临崩溃前，一定告诉我。"

市部露出僵硬的微笑，转身离去。

他的背影看起来，是不曾有过的落寞。

我到底该怎么办……

第五章 与比土的对决

我一个人徘徊在昏暗的走廊里,茫然不知所措。

是假装没有听到铃木的回答一切照旧,回归日常?不可能。要是遇害的是其他学生那尚有可能,但被杀的可是小夜子啊。

小夜子不知是出于作为发小的道义或责任,还是其他什么,总是像大姐姐一样爱多管闲事,还经常像小大人一样唠唠叨叨。情人节事件后我性情大变,她曾对此多方打探,时而单刀直入,时而旁敲侧击。

我知道,她完全是出于一片好意,所以我从没想过让她离开,更别说希望她被杀了。何况这个死亡方式如此凄惨——她的头部遭受数次重击以至于头盖骨塌陷,与平时美丽而聪慧,被称为班中"麦当娜"的小夜子丝毫不相称。

我永远无法忘怀,在出席小夜子的葬礼时,她的父母和哥哥哭肿的双眼。

为了小夜子,为了她的家人,也为了我自己,我必须将凶手绳之以法。

而我……已经知道凶手的名字。

虽然已经知道凶手的名字,但我却无法验证。因为我现在只有身为"神明大人"铃木的一句话,再无其他证据证明比土就是凶手,这是致命的。

当我回过神来时,我已走到了儿童会办公室门口。今天既没有儿童会的会议,也没有侦探团的集会,儿童会办公室里应该空无一人。

然而,我却看到有光线从里面透出来。打开门,只见比土孤身一人坐在长长的桌子前,带着不可思议少女的气息,正在占卜塔罗牌。卡片被平铺在桌子上,她的手里只拿着一张牌。

我没想到会在这里遇上比土,吃惊之余下意识就要关上打开的房门。

但比土已率先觉察我的存在,她把那张白皙如能面[1]一般的脸转向我,问道:"哎呀,桑町同学,你怎么了?"

她的声音波澜不惊,毫无起伏。

"没什么……"

起初我有些不知所措,但很快就回过神来,眼前的这个人是杀人凶手。恐惧一下子攫住了我,因为此时房间里只有我跟杀人犯两个人。

比土一头乌黑润泽的长发,配上眉毛上方剪得整整齐齐的刘海,宛若菊花人偶。与之相对,她身上的服装却是哥特萝莉风——轻飘飘的褶边衬衣与裙子。天气变冷后,她则会在外面套一顶黑色斗篷。或许这就是她自认为不可思议少女的整体搭配吧。

这个不可思议少女的气场,以前我只觉得奇异,而现在它却助长了我内心的恐惧。但那仅仅是一瞬间,下一秒,内心的恐惧就转化为了愤怒,我现在面对的是杀害了小夜子的凶手,于我而言,愤怒比恐惧来得更为猛烈。

"喂。"我下定决心,大步走过去,隔着桌子直截了当地向她问道,"如果弄错了,恕我抱歉……是你杀死了小夜子吗?"

---

[1] 日本传统艺术形式之一能乐中使用的面具。译者注。

"怎么可能？"比土手持卡片，干脆利落地否定了，"难道你向铃木君打听了凶手？"

她口中说着跟市部一样的话。不过按以往的经验来看，这个推论显得理所当然。

"嗯，那家伙断言你就是凶手。"

我直视着比土冷峻如黑曜石一般的眼睛，毫不掩饰地点头道。

她只说了一声"是吗"，脸上的表情没有丝毫变化，回看向我。

"桑町同学，你真的相信他吗？"比土尖锐地问道。

"我不知道，我要是知道的话，就不会向你确认了。比起我，那家伙到底是何方神圣，你不应该更清楚吗？"

"所以你想从我口中打探出来？"比土略带讥讽地扬起嘴角，语调低沉地说，"令你失望了，我也不清楚，不过，也许他不是自己所谓的神明，恰恰相反，他是个彻头彻尾的恶魔也说不准。"

"恶魔吗……他曾夸口说这个世上只有一个神明，根本不存在什么恶魔。"

"听起来确实像他的回答，可实际又是怎么样的呢？神明与恶魔之间的区别，也许就在于是否说谎。你知道吗？对于神明而言，神等同于善，善恶的基准并不在人。"

"所以你是说铃木是恶魔吗？"

再见神明

"就跟说谎岛①一样,他本人其实是恶魔,但要证明这一点,就必须把神明找出来。只有把神明找出来,才能证明他确确实实是恶魔,对吧?"

比土喃喃自语道,一副事不关己的样子。我对此感到很不可思议。

不管他是神明也好,恶魔也罢,身边有这样一个既非人类,又拥有过人能力的存在,难道不会感受到威胁吗?

我很害怕,虽然我觉得铃木像恶魔,却更情愿相信他是神明。如果他是恶魔,那么我已经没有回头路可走了。

"那么,你真的没有杀害小夜子吗?"我再次确认道。

可与刚才不同,她的语气中带着一丝微妙的拐弯抹角:"在一般意义上,我没有杀害她。"

"什么意思?"

"我诅咒了她,但这在现今的法律下不算杀人吧?"

"诅咒?"

听到这个令人无法置若罔闻的词语,我不禁探出身,手臂不小心碰到比土的手,她手里的塔罗牌翩然掉落。

牌面朝上,那是一张死神的卡片。

"是的,在新堂同学遇害的前一天晚上,我诅咒了她。"

比土平静地回答道,脸上的表情像是要与暮色混为一体。

"什么意思?"

---

① 克里特岛人的说谎者悖论。译者注。

"就是它本来的意思，咒法则参考了威尔奇古斯的书，不过就算向你解说了详细的咒法，你也无法理解吧。"

"那么，在你的诅咒之下小夜子死了？"

"你也不用想得那么荒诞无稽，你只要明白，通过咒法，有一个人接收了我的意志，替我把小夜子杀了就行。"

"也就是说有人替你把小夜子杀了？简直荒唐透顶。"

我否定道。但既以神明的言论为前提，我也没有根据可以完全否定咒法这一说辞。

"但是，你为什么要诅咒小夜子？"

"你想知道？"比土静静地凝视着我。

我们一言不发地对峙了一会儿，比土终于开口说道："因为她对我说了多余的话。"

那个声音，仿佛复仇女神一般，听起来冷若冰霜。与此同时，窗外狂风大作，儿童会办公室的窗玻璃全都咔嗒咔嗒地悲鸣起来。

"多余的话是……"我问道。

"那是上上周的事了，本来应该在运动场上的体育课因为今年的初雪而改在了体育馆，我们班跟她们班一起。中间休息时，她把我叫到体育馆的仓库说，要我放弃市部君。"

"放弃市部？"

"对，她说市部君喜欢的是你，让我不要再纠缠市部君了。"

"小夜子这样说了？"

"是啊。"比土带着一脸由衷的厌恶，点了点头，接着说道，"说实话，我至今都不明白她有什么权力对我发号施令，我只是喜欢我所喜欢的人。现在丑陋的市部,不久将整容成美男子与我在一起。根据星辰的指引,这已是既定的事实,任何人都没有理由阻碍。"

比土始终平静如水的语气,此时显得有几分激动。

"她可能在班里很受欢迎,比较自命不凡,但她有什么权力去控制他人的感情呢?所以我问她,如果我不放弃她又能怎么样。"

"小夜子怎么说?"

"她威胁我说要揭发我的秘密。"

比土低声回答。那声音听起来匪夷所思,像是从地底涌上来似的。

"秘密?"

"具体是什么秘密恕我无法相告,因为是我绝对的秘密,我会将它一直锁到彼岸去。"

"所以你就把小夜子杀了吗?因为害怕自己的秘密被揭开?"我猛地凑近她,厉声问道。

"太近了,离我远点儿。"比土冷漠地用手将我推开,"刚才我也说过了吧,我没有杀她,你没有听到吗?我只是诅咒了她。而且,我也不害怕她的威胁。如果说新堂同学想要控制我的感情,那么与之相对的,我也只是想要控制她的生死而已。凶手另有其人。"

比土说的是真的吗?我向她投去怀疑的目光。

"你好像不相信呢,不过,这也理所当然。我想你会去调查吧,直至你感到心满意足为止,又或者,你会像以前那样向市部君哭诉?"

她挑衅地回瞪我,虽然我尽量不去在意,可不管愿意与否,我都占据了三角关系中的一角,需要正面承受比土的嫉妒,她的反应理所当然。

我咬紧牙关,疾步走出了儿童会办公室,再待下去,我生怕自己会对比土大打出手。

愤怒犹如猛兽在我身体中狂奔,然而本能告诉我,愤怒解决不了任何问题,我必须冷静下来。

或许她只是为了使我焦躁不安,才故意说了那番话⋯⋯不对,比土好像事先就知道我在怀疑她。

如果她不是凶手,应该不会那样想。但如果她是凶手,又为何向我坦白动机?

我的思考在原地打转,停滞不前。

"我想你会去调查吧。"

我回想起当时比土挑衅的话语,她似乎对自己的所作所为信心十足,这自信究竟是来源于完美犯罪的自负,还是因为她真的使用了咒法?

总而言之,唯有着手调查,才能得到真相。

我大步流星地走在黑暗迫近的走廊上,郑重发誓。

3

翌日的休息时间，我找到柘植弥生和加太茅野。

她们与小夜子都在第五组，负责打扫视听教室，同时她们也是发现小夜子尸体的四人中的其中两人。

"我有点事想问问你们俩。"

她们正在讨论最近出了新歌的偶像团体，听到我的声音，她们停止了聊天，转过头来。因为平常我们几乎不怎么说话，她们有些诧异地看着我，但很快就猜到我来找她们应该是跟小夜子的案件相关。

她们跟着我来到了一个无人的平台，平台上灌满了寒冬的肃杀之气。

柘植率先开口问道："那么，你想问什么？"

柘植留着娃娃头短发，身材高大，甚至比大部分男生都要高，我得仰头看她。她经常跟男生混在一起，或踢足球，或跟他们吵架。

加太则体形娇小，身着靓丽的服饰，很有女人味。我经常看到课间休息时她与龟山千春一起围着铃木，想必她应该是铃木的崇拜者之一吧。

因此，加太看我的眼神颇为苛刻。

在过去几次杀人事件中，我曾找过铃木，铃木也非常爽快地给予我答案，但这在铃木的崇拜者看来似乎是被我抢占了先机一般，只有我一个人受到了铃木的特殊对待。总之，她们嫉妒了。话虽如此，除了敌意以外，我并没有受到任何具体形式的欺凌，所以也没有什么特别的感想。

"是新堂同学的事吧，昨天你好像也问过铃木君了。"

加太讥讽道，双马尾垂在她的耳畔。果然还是暴露了，我原以为自己已经够谨慎小心了，但看来仅仅这种程度的小心，是无法躲过崇拜者们的监视的。

"是啊，不过铃木什么都没告诉我。"我糊弄搪塞道，"所以我想问问加太你们那天的事。"

自然，两人都没有什么好脸色，大概是因为已经被老师和刑警盘问过多次的缘故吧。杀人事件什么的，本来就不愿再次回想起来，我理解她们的心情。可理解归理解，我不能轻易退却。

"拜托了，就当是为了小夜子，告诉我吧。"我恳切地央求道。

"好吧，那就告诉你一些。"柘植最先点头。

"如果是为了新堂同学。"加太见状，也只得不情不愿地跟随其后。

"我之前都在家休息所以不了解情况，上周，小夜子一直是一个人在操作室擦窗户吗？"

虽然没有确凿的证据，但凶手很有可能是从操作室中那扇通

199

往走廊的门闯入的。换言之，他的目标就是操作室里的小夜子。但答案却出乎我的意料。

"不是的，那天新堂同学只是碰巧负责而已。"

"是啊。"加太也使劲点了点头，"操作室擦窗户的工作，我们通常都是在大扫除开始后，猜拳决定的。桑町同学你们小组不是这样的吗？"

"不是，操作室的窗户一直都是我负责擦的。"

听了我的回答，加太叹了口气说："哎呀，出于武士的侠义之情，我就不多说了。总之，操作室的玻璃由谁负责，全看那天的猜拳情况。"

"那么，在大扫除开始之前，你们并不知道会是谁去？"

"是啊，我记得那天是新堂同学第一次猜拳输了，周一和周三是我，周二是弥生。对了，上次值日的时候，周一到周四一直是我输，只有周五是弥生。新堂同学猜拳很厉害的。"

"但是，那天她只是偶然输了，是吗？而且也并不是猜拳赢了自己要去的。"

我的提问可能有些莫名其妙，加太"哈？"了一声，脸上闪过无力的表情，尔后接着说："当然啦，谁会想去操作室那种地方啊？当周一到周四一直是我的时候，我一个人在那儿，心里可悲凉了。"她一边说着一边望向旁边的柘植寻求同意。柘植也苦笑着说了声"是的"，并点了点头。

"害怕一个人打扫吗？"

"也不是害怕啦，又不像理科教室那样，有什么骷髅怪的异闻。"

"那为什么？"

"我想桑町同学你不会明白的，因为我会想，我不在的时候另外两个人会不会说我的闲话之类的。"

这个理由，我不是很能理解。

"是这样吗？"我问向柘植。

她跟先前一样，说了声"是的"，并点了点头。

"其实倒也没什么，只是觉得待着不舒服，有点难受。不过这些感觉桑町同学大概是没有的。"

她们俩似乎在把我当作傻瓜，不过我现在顾不上这些小事。

"就是说，大扫除开始后，小夜子一个人去了操作室，接着预备铃响后，你们发现了她的尸体。这期间你们有没有听到什么奇怪的声音呢？"

"我们跟老师和刑警都说过了，我们什么也没有听到。因为操作室的隔音很好，而且你也知道，大扫除的时候学校会播放音乐。"

我点了点头，柘植说得很对，久远小学在大扫除的时候，都会播放音乐。宁静的古典音乐通过扩音器，在所有教室间回响。虽然音量不大听起来并不烦人，但音乐的旋律却足以掩盖一切细微的声响。

"那么大扫除的时候，你们大家一直都待在视听教室里吧？"

"对，也包括男生在内。怎么，你现在是在怀疑我们吗？"加太高声质问道。

"没有,我不是这个意思。你们都有确凿的不在场证明啊。"

"不过这种说法很容易招致误解,以后不要这样说为好。"柘植用宛如小夜子一般的口吻对我说教道。

"对不起,是我不好。"我爽快地道歉。

加太却还不肯罢休,摇晃着她的双马尾辫,说道:"我知道你跟新堂同学是朋友,你要是这么想知道凶手是谁的话,用拿手的美人计再去问铃木君不就行了吗?询问人是你的话,铃木君或许会说出凶手的名字。又或者你还可以去拜托市部君。"

听到加太尖酸刻薄的语气,我突然想起来她是铃木的崇拜者。

美人计……我还以为这个词跟现在的我八竿子打不着,原来在别人眼里竟是这样。我很惊讶。

"我不打算那样做……"

我无法坦言铃木已经告诉我了,这样做反会被她们询问凶手的名字。再说,问过铃木之后还进行调查,无异于公开表明我不相信铃木的话,这会更刺激崇拜者们的神经。

我一时不知如何作答。

"茅野,你说得太过分了。"柘植责备道。

加太似乎反省了一下,小声说了句"对不起"。

不过说归说,她的眼睛却狠狠地瞪着我。

后来,我又去询问了第五组里的男生,以验证她们的话。

当时有三个男生,其中一人至今仍未来上学。与之形成鲜明对比的是,最先发现小夜子的那两个女生,每天倒仍生龙活虎地来上学。

女人真是强大,虽然不是全部。

大扫除时,男生全部负责拖地。其中两个男生目睹了从大扫除开始后三个女生猜拳到最终决定小夜子负责操作室的整个过程。

据说,猜拳输了的小夜子一面挠着头说"终于轮到我了吗",一面向旁边的操作室走去,脸上的表情看起来并不像嘴上说的那么遗憾。

当然,无论是谁,做梦都不会想到那会是小夜子留下的最后一句话。

午休时间,我向五年级(1)班的学生打探了情况。五年级(1)班是比土所在的班级,可我并不是去见比土的,更确切地说,我想尽量避免跟比土打照面。

幸好教室里没有比土的身影,我松了一口气,向门口附近的女生搭讪。

那个女生起先诧异地端详着我,继而问道:"我记得你是桑町同学吧,侦探团的。你在调查新堂同学的案子吗?"她的声音听起来透着一股伶俐劲儿。

"嗯,差不多吧。"

"比土同学也是侦探团的,你找她有事?"

我当即否定了,接着问道:"比土是哪个组的?"

"第三组吧。"

"我想找跟比土同一组的女生。"

"虽然我不是很明白你要做什么，不过知道啦。"她点点头，朝窗边一个胖胖的女生喊道："美崎。"

被称为美崎的女生摇晃着她的麻花辫走到我身边。

"美崎，桑町同学说她想问一些关于比土同学的事。"

"哎，比土同学？"

美崎往后退了一步。从这个态度中大致可以料想比土在班中的处境。虽然我没有资格对别人说三道四。

但无论如何，她似乎愿意继续听我说下去，于是我向她询问了案发当日比土的行踪。

"大扫除的时候？你为什么要问这个？"美崎歪着粗如圆木的脖子，提出了一个理所当然的疑问。

"也没什么特别的原因，就是想知道而已。"

总不能说比土是凶手吧，也不能说她是犯罪嫌疑人。比土大概知道我在四处调查，所以就算被她发现了也没关系。但让同学和老师等其他人知道就不妙了。

到时，我必须向他们解释说明我为什么怀疑比土，为此还必须搬出铃木。

不知道那个铃木会不会坦率地承认自己的发言。在某些情况下，我可能会单方面地变成坏人。又或许这才是比土的目的。

"算了，你们都是少年侦探团的成员，总有什么原因的吧。"

出于一直以来的习惯，我本想纠正她，说我们不是少年侦探团，而是久远小侦探团。但转念一想，这样只怕会令事情变得更麻烦，于是我忍下了。

"我们负责打扫这个教室，比土同学在大扫除结束十分钟前去丢了垃圾，差不多预备铃响完后就马上回来了。"

"十分钟前指的是一点二十分，没错吧？"我确认道。

美崎重重地点了点她圆圆的脑袋。

"当时我看了一眼挂在墙上的时钟，所以不会有错。虽然当时觉得那时候丢垃圾还有些早，不过因为一来比土同学不是那种在走廊上跑着去丢垃圾的人，二来她总是很认真地打扫，我知道她不像男生那样是为了偷懒，所以就让她去了。"

"那么从大扫除开始到去丢垃圾为止，你们大家一直都在一起打扫吗？"

"是啊，因为是在教室里，铃声开始响的时候我们就在了。我负责擦窗户，比土负责擦桌子。"美崎用温柔可亲的声音回答。

"丢垃圾这项工作一直是比土负责的吗？"

"不，并不固定，也不是每天都要丢，大概是谁手头有空，又注意到垃圾满了，就谁去丢的感觉吧。"

"那，午休时她一直在教室里吗？"

"那就不知道了。"美崎歪着头，我最先搭讪的那个女生也在旁边同样歪着头。

过了一会儿，美崎压低声音问："话说，从刚才开始你就一直在问案发那日大扫除时候的事，莫非比土被怀疑了？"

"怎么可能？侦探团的成员得先证明自己的清白才能参与调查，所以我才要进行确认。而且比土没有理由会杀害小夜子吧？"

我随便找了个理由搪塞。

"真是古怪的规定呢，不过，比土同学与新堂同学完全没有交集，确实没什么理由。"

放学后，我拿着垃圾桶，从五年级（1）班的教室跑到视听教室前面。五年级（1）班在教学楼三楼的尽头，要走到视听教室需要先下楼梯至一楼，再绕到外侧。从走廊穿过实在太惹人注目，所以我选择穿过无人的小路去往B栋，一直到操作室前停下脚步——操作室已被封锁无法入内。用时三分钟左右。

接着，我再次来到外面，这回是向着A栋旁边的垃圾场走去。垃圾场位于运动场附近，处于视听教室的另一面。在围成四方形的校舍群中，正好形成掎角之势。

从视听教室到垃圾场，花费了六分钟，然后从垃圾场再回到五年级（1）班的教室，用时四分钟。

最终，从五年级（1）班的教室经由操作室去到垃圾场，再回到教室，这条呈现三角形的移动路线，一共花费十三分钟。

比土回到教室的时间因有预备铃而很明确，离开教室的时间也经过确认。那她的空白时间只有十分钟。

还差三分钟。也就是说，比土的不在场证明是成立的。

所以她才那么从容不迫吗？

从学校回家的路上，我一边骑自行车，一边思考着。

比土虽然看起来弱不禁风，但假如她跑得非常快，也许能在十分钟内跑完上述路线。但是，我与比土之间的脚力，有差三分钟之多吗？

而且要是速度就可以解决的话，比土怕是不会那么自信吧。难道真的是比土的诅咒，又或是内里暗藏着什么诡计花招？

黄昏的大马路上，我险些被卡车撞到。在声嘶力竭的喇叭声与恶狠狠的叫骂声中，我仍旧思考着。

4

没有必要去垃圾场。

当晚，这个想法在我脑海中浮现时，我正在浴室里。

垃圾桶里的垃圾满了就会有人去丢，要是比土去丢的时候，桶里几乎没什么垃圾呢？

教学楼的后门有一个大型公用垃圾桶。我记得很清楚，当时我为了测算时间慌忙跑出去时，差点被绊倒。如果比土先把少量的垃圾倾倒进这个大型公用垃圾桶，再把手中的垃圾桶藏在隐蔽处，空着手来到 B 栋的操作室。大扫除时，B 栋的后门一带没什么人，所以不会被发觉。行凶结束后，比土拿出事先藏好的空的垃圾桶，径直回到教室。

这样计算的话，路程往返只需花费六分钟。即便倾倒垃圾、隐藏垃圾桶花去一分钟的时间，那她在操作室里还有三分钟的时间。

也就是说比土的不在场证明并不成立！

我在热气氤氲的浴室里不由自主地站了起来，摆出了一个胜利的姿势。

第五章　与比土的对决

但随即我意识到了一件事，又马上坐进了浴缸。

比土预先从赫拉克勒斯像那儿偷盗了凶器，一点二十分时佯装拿着垃圾桶去垃圾场，中途偷偷携带事先藏好的凶器去往视听教室的操作室。最近她都披着斗篷，所以只要将赫拉克勒斯棍棒藏在斗篷里即可，然后她进入操作室对小夜子进行数次猛击。

到此为止都很顺利，但——

那天，决定小夜子负责操作室是在大扫除开始之后，也就是说在一点十分之前，没人知道这个结果。

那么，比土又是如何得知的呢？

一整个周末，我都在绞尽脑汁地思索，可没有答案。

从五年级（1）班的教室能够勉强看到B栋的走廊，但无法知晓视听教室与操作室内的情况。据说那天小夜子是从视听教室直接进入操作室的，并未经过走廊，所以从教室里是无法知晓是谁负责操作室的玻璃的。

难道有谁用手机告诉了她？

这个念头闪过我的脑际时，是在周一的第二节理科课上。

如果第五组里有共犯，那么比土就能轻而易举地掌握小夜子孤身一人的情报。

决定小夜子去操作室之后，共犯伺机用手机告诉比土，而且他不用特地打电话，只通过一条简单的短信就足够了。

不是没有可能，比土开始行动是在大扫除开始十分钟之后，只要在那之前告诉她就行了。

但是还有一个问题，这一推论意味着，在班级里，而且还是在第五组里，有一个邪恶的共犯参与了比土的谋杀计划。

我的脑海中浮现出柘植和加太的脸。

柘植暂且不论，加太咄咄逼人，我对她的印象并不好。可话虽如此，我却不认为她是那么冷酷无情的人。当然，无须通过美旗老师的事，我也知道我不具备看人的眼光……说起来，从那以后我就没怎么和美旗老师好好说过话。

第五组好像有一个人一直没来上学……我想到了，也许因为比土当时只是轻描淡写地拜托了那个共犯，所以他压根没想到自己会参与到杀人事件中去。

事后他才知道自己成了杀人事件的共犯，感到恐惧又后悔，所以他才一直在家中闭门不出。

那个没来上学的是谁呢？我好像听说过，但想不起来了。我本来就不怎么记得班里同学的名字，课间休息时去问问柘植吧。然后我会试着尽力说服共犯本人，告诉他，你只是被骗了，并不构成犯罪。

无聊的理科课结束了，我正要站起来时，市部过来问道："喂，最近你上课一直心不在焉，完全没在听老师的话吧。是在想新堂的案子吗？"

不愧是市部，观察得很仔细。我没有回答，而是用目光追寻着柘植的身影。柘植正在讲台附近自己的位子上和几个朋友聊天。我又看了眼加太，她正跟龟山她们一起围着铃木。

哪一方现在都不是问话的时机，话说回来，我也不能光明正大地当着市部的面去询问。

"哎,"无奈之下我收回视线,看向市部问道,"我是说假如,假如有人在不知情的情况下,告诉了别人一个信息,而后这个信息被人利用了,在这一事实明确的前提下,那个人会构成共同犯罪吗?"

我得先弄清这种行为不构成犯罪,才能对共犯进行说服。如若不然,我就变成骗子了。

我自认为已经说得很模棱两可了,但对市部来说,似乎这就足够了。

"嗯,要是被骗的话那就不算共同犯罪吧,只不过会很难证明自己并不知情。恐怕,凶手与那个共犯之间免不了一场口水仗……桑町你是觉得第五组里有谁被凶手欺骗,然后告诉了凶手那天新堂在操作室里?"

市部已经猜得八九不离十。

"嗯。"我不情不愿地承认了。

不过这个阶段,他应该还联想不到比土。

"看来铃木依然只告诉了你凶手的名字呢。我也这样想过,如果目标是新堂,没有人通风报信是不可能的。"市部顾忌到四周,压低声音说,"我的猜想是,通风报信的人是关,那家伙现在或许由于难以承受良心的苛责而在家闭门不出。"

原来是叫关吗?待会儿调查一下他家的地址吧。

"但是啊,"市部出乎意料地摇了摇头,"这个猜想有点难以成立。"

"有点？"市部说得含糊不清，我不禁追问道。

"嗯，从 A 栋屋顶出口处的赫拉克勒斯像到视听教室旁边的操作室至少要花上五分钟。然后从操作室回到各个教室也都需要两三分钟，加起来大概要七八分钟。这还是把起始地点设在赫拉克勒斯像的情况，因为 A 栋并没有安排学生打扫，要是在大扫除开始后才前往雕像处的话，还要再多两三分钟，加起来一共需要十多分钟，这还是在快跑的情况下计算出来的结果。不同于教学楼，A 栋教职工较多，一旦在走廊上奔跑，就很容易被记住名字和长相，由于有这样的风险，所以在走廊上必须走得更慢才行。

"另外，缠在赫拉克勒斯像上的胶带时日久远，撕下来要花不少时间，能把金属球棒这么重的东西固定了好几年，想必所用胶带的量不是一星半点。实际上，凶手大概没有带剪刀，现场留有他从端头一点一点撕开胶带的痕迹，应该费了相当长的工夫，估计最快也要五分钟。把这些全加在一起的话，大概需要十五分钟，杀人也需要两分钟左右，也就是需要二十分钟的时间，这几乎占据了大扫除的全部时间……

"话说回来，如果有人在打扫时全程溜号，你不觉得会很显眼吗？实际上，警方似乎也在这方面进行了缜密的调查，结果是没有发现这样的人。"

"等一下！真的至少需要十五分钟吗？"我喘着粗气问。

市部当然无从知晓，比土的自由活动时间只有十分钟，连十五分钟都没有。

"喂，桑町，你听到的名字究竟是谁？他只有时间跨度范围更小的不在场证明吗？"

"十分钟。"我老实回答。当然，我并没有告诉他起点是五年级（1）班的教室。

"十分钟的话，绝对不可能。"市部否决道。他的语气就跟断定太阳不可能从西边升起一样斩钉截铁。

"但是……只要事先把凶器取下来，从这个教室出发，单趟应该三分钟就能到。"

不一定非要在杀人时才把凶器取下来，也无须到楼顶出口去拿，凶手只要事先将凶器偷过来藏好就行了。

然而对于我上述的假说，市部缓缓地摇了摇头说："那是不可能的。

"因为勤务员每天放学后都会检查楼顶的上锁情况，自然也会看到旁边的赫拉克勒斯像。在案发前一天，赫拉克勒斯的棍棒没有任何异常。"

这个情报我之前从未听闻，这对我来说无异于晴天霹雳。

"这样一来，"市部继续解释道，"也可以考虑凶手是周四大扫除开始前将凶器拿过来的，但决定新堂负责操作室，是在大扫除开始以后，因此共犯通风报信最早也要等到大扫除开始以后。"

"那么，"我看向市部的脸，"最起码，十分钟是不可能作案的。"

我再次陷入苦思之中。

既然如此，比土到底是如何杀害小夜子的呢？

回家路上，我试图与那个没来上学的男生——关，见个面。但对方拒绝会客，我吃了一个闭门羹。

5

两天后。

难不成共犯是铃木……这个念头在我的脑海中一闪而过，马上就被我打消了。也可能比土实际上跟案件毫无关联，这一切都是铃木与比土联合编排的一出闹剧，目的仅仅只是捉弄我。

然而，真相恐怕并非如此。虽然只是我的直觉，没有任何确凿的证据，但一定是正确的。

如果他是神明，即便比土提议，他应该也不会参与到这种无聊的计划里。迄今为止，铃木一直用名为真实的太刀将我剁得粉碎。

说到底，我已经走投无路，简直想把现实一键取消。

恐惧的瞬间终于到来了。

"你该不是在怀疑比土吧？"

我不是一个思维缜密的人，这样东碰西撞地调查，我知道终有一天会被市部发现。可我没想到会这么快。

他凭借着男生的腕力把我拖到了侦探团本部。

"是铃木说的吧,说比土是凶手。"

"嗯。"我面无表情地肯定了。

"所以,你在调查比土的不在场证明?"

"嗯,是的。"

"动机是什么?为什么比土要杀害新堂?"

"小夜子手中握有比土的秘密,出于某个原因,小夜子威胁比土要把这个秘密公之于众。我不知道那个秘密具体是什么,但因为这件事,比土对小夜子产生了杀意,这些都是比土自己承认的。"

"这个动机不是铃木告诉你的,而是比土吗?"

对此,市部似乎也大吃一惊。

"比土承认对新堂抱有杀意?"

"嗯,于是她就用不知是威奇古斯还是什么的咒法诅咒小夜子,然后小夜子就遇害了。比土是这么说的。"

"这么说来,比土不承认是自己亲手将新堂杀死的,是吧?"

市部脸上浮现出松了一口气的表情。可这态度却莫名地令我感到焦躁,虽然仅仅只是一瞬。

"不过我不相信比土的话,当然我也并非完全相信铃木的话。我只是在调查,假设如铃木所言比土是凶手的话,那么她真的可能作案吗?"

"真是危险的游戏啊……在我看来,你只是被铃木的话语诓骗了。"

"也许吧。"

我没有否定，但这种危险的游戏，我们已经进行过好多次了。

"自小夜子遇害以后，我可能就不正常了。但是，只要弄清比土是黑是白，或者抓到其他的凶手，我应该就能恢复正常。所以，我现在正在调查。"

"比土知道这件事吗？"

"嗯，当然。要是不知道的话，她怎么可能会告诉我动机。"

"可恶。"市部罕见地表现出情绪化的态度，"我真搞不懂，你也好，比土也好，究竟在想什么。那家伙明明不可能作案，为什么要做无谓的挑衅啊？"

"不可能？"听到市部的论断，我不禁问道。

"嗯，我知道你在怀疑比土后，姑且先做了一番调查。"

"真是滴水不漏啊。"

"因为是团长嘛，我不能对成员之间的纠纷坐视不理。"

真是一派优等生般的发言。

"那么，怎么不可能？"

"你应该也很清楚吧，"市部像是看穿了我的心思，直言不讳道，"比土在教室里一直待到一点二十分，并在三十分的时候回来。但是，从五年级（1）班的教室到 A 栋的赫拉克勒斯像处取凶器，然后从那里去往视听教室，再回到教室，十分钟太少了，至少需要十五分钟，这些我之前应该就跟你说过。

"当然，事先把凶器偷出来的情况也是有可能的，但为此必须在大扫除开始前就知道新堂会负责操作室，但这种事，除非是神，否则根本不可能。假设比土拥有预知能力，能够预先知晓，这样或许还有可能。但这预知能力的可信程度，与用诅咒杀死小夜子的说法也差不了多少。"

"也就是说，用常规方法的话，比土是不可能作案的。"

"嗯。"市部沉重地点了点头。

"但是……假使就算周四落空了，还有周五，小夜子负责操作室的可能性还有三分之一，应该还能再有一次机会。"

如果失手了换种方法就行，只要没有得手，多少次都可以重来，而恰巧，比土第一天就赌赢了。这是我推导出的假说，虽然有几分脆弱。

"你是说瞄准了可能性……那不可能，你忘了吗？不久前赤目刚被杀，你也因此而请假了。"

市部静静地注视着我。

"受到打击的不只是你，全年级的学生和老师都还惊魂未定呢。在这种情况下，不管是不是恶作剧，如果金属球棒被偷了，你觉得大家会有什么反应？被偷的东西不是手套，也不是球，而是轻而易举就能置人于死地的金属球棒啊。赤目的噩梦会复苏，大家会比平常更加警惕戒备，所以就算周四什么都没有发生，周五的和平气氛也会烟消云散。老师们也会开始在整个校园内搜索球棒的下落。也就是说作为凶手，必须在偷盗当天一举定出胜负。凶器必须在新堂的动向明确之后才能偷。"

市部一鼓作气地讲完后，又补充道："而且，凶手打算赌概率的话，理应在周一而不是周四才偷走球棒。周四偷走的话，就只余下两天了。一减去三分之二乘三分之二，九分之五的概率，也就是说新堂负责操作室的概率只有一半多一点，这样的概率实在太低了。大扫除每周都在轮值，下周就由其他小组负责了，但要是从周一开始，就有五天的时间。一减去三分之二乘三分之二乘三分之二乘三分之二乘三分之二，则小夜子大约有九成不到的概率会负责操作室，这个概率就相当高了。然而实际上，凶手却选择在一周已经过半的周四把凶器偷出来，这只能说明凶手事先知道新堂会在操作室。所以凶手不可能是比土。"

市部的话很有说服力。道理我都懂，这几天我苦思冥想，却始终无法导出一个答案为比土的方程式。

"但是，铃木断言比土是凶手。"

"铃木，铃木，铃木，你到底是相信他还是相信我？你到底选谁？"

市部"咚"地一跺脚，大声说道。我很久没看到这样情绪化的市部了。

"你别搞错了！"我不甘示弱地大声吼了回去，"不是选谁这样无聊的事，我只是想帮小夜子报仇而已。为此，哪怕是恶魔的呢喃我也愿意侧耳倾听。"

交涉失败。我昂首挺胸，毅然转身，离开了冰冷彻骨的房间。

意想不到的是，走廊上居然站着比土，她似乎一直站在这儿偷听。

"看起来真糟糕呢。"

擦身而过时，比土用只有我才能听到的声音悄然说道。

向来如戴着面具般没有表情的比土，此时嘴角却绽出一丝笑容。

6

"谢谢你今天也来了，那孩子一定会感到高兴的。"

小夜子的母亲露出虚弱的微笑，她跟小夜子一样，都是纤瘦的美人，哭肿的双眼令人分外心疼。

"不过，不要太勉强自己了。你要是病倒了，小夜子一定也会伤心的。"她看到我脸上浮现出来的疲惫之色，担心地安慰道。

小夜子的母亲应该不知道我在寻找杀害小夜子的凶手，但似乎又直觉到我在为了小夜子而耗费心神，日渐消瘦。

"不，我很好。"我撑起精神，佯装体力尚佳。

"话说，小夜子有没有跟阿姨您说过什么有关比土同学的事情？"

比土的诡计暂搁一边，我思来想去，决定从能成为杀人动机的秘密这方面开始着手，于是我提出了这个疑问。

"比土同学？"小夜子的母亲歪着头问。

"名字叫比土优子，是五年级（1）班的女生。"

听到比土全名后，小夜子的母亲仍旧毫无头绪的样子。

"抱歉，那个比土同学怎么了？"

"没什么,好像是案发前不久,她与小夜子争吵过几句,后来就变成了这样,她心里很不是滋味。"

我把事先想好的借口一股脑儿说了出来,小夜子的母亲似乎相信了,皱起细细的眉毛说道:"原来是这样,我什么都没有听说呢。不过请转告那位比土同学,让她不要放在心上。不管怎么说,小夜子知道了一定会难受的。"

"好的。"

虽然是为了调查,但欺骗小夜子的母亲仍令我心情沉重。看来,小夜子甚至连比土的名字都没有告诉过自己的家人。难道这个秘密事关重大?

忽然,我看到外面已经飘起了雪花。

"小淳,你喜欢雪人吧?"

小夜子的母亲没头没脑地说了这么一句,我感到很讶异,问她为什么突然说起这个。

"是小夜子说的,大概三周前有一天积雪了,她说想堆一个雪人给小淳,还说你要是看到大大的雪人,一定会振作起来的。那时候你还没有去上学。"

"嗯,我喜欢。"我想起之前我们两人汗流浃背地堆了一个等身高的雪人。

然而,在我没有上学的那段时间里,因为一直拉着窗帘,我不记得哪天下雪了,只是隐隐约约地有印象,好像有那么一两天比平时都要冷。

但小夜子应该没有带着雪人来看过我,我歪头思索着。

第五章　与比土的对决

"可小夜子当时感冒了，卧病在家，所以我让她待在被窝里，要是因为胡闹而导致感冒恶化那可就不好了……难得的初雪，小夜子看起来很落寞。结果，只有那一天下了雪，要早知如此，当时便任她胡闹，让她随性去做就好了。"

说到此处，小夜子的母亲双目噙泪。强忍至今的悲伤，似乎就要决堤而出。

该回去了，我驼着背，有气无力地走出玄关。

"小淳，把背挺直点儿。"

身后传来小夜子母亲的声音，本来应该由我去给他们打气的，我真是本末倒置。这样一想，我愈加觉得心情沉重。

关上铁栅栏的门时，外面细雪纷飞，两个男生在我家的门口争论。我记得他们的脸，是附近的一年级和二年级生。

"才不是，你真是什么都不懂啊，是地球绕着太阳在转呢。"二年级生得意扬扬地说。

但是一年级生一副无法相信的样子说："我没有错，是太阳公公绕着地球在转。因为老师就是这么说的，老师怎么可能说谎呢？"

"你说什么？你是说我错了吗？"

在气力上更胜一筹的二年级生勃然大怒，想以蛮力迫使一年级生屈服。我不得不介入其间。如果是在别的地方倒也算了，但在家门前吵嚷可太闹心了。

"姐姐你怎么看呢？你知道谁是正确的吗？"两张面红耳赤

的脸一齐转向我。

"是地球绕着太阳在转。"我当即断言道。

"但是老师说……"

"看，我才是正确的吧。"

两人之间的语气明暗分明。

"一年级的时候是这么学的，可能是觉得太难了怕大家一下子记不住。不过到了二年级就会开始学习正确的地球绕太阳转了。"

一年级的时候，老师告诉我们太阳东升西落。理科课本上画着一幅以地球为中心，太阳随着季节交替变换着轨道围绕地球旋转的图。然而到了二年级，却被告知实际上不是太阳，而是地球在转动。当时真是觉得乾坤颠倒，每天目之所及的自然现象的因果规律，轻而易举就被逆转了。迄今为止令人感到安心可靠的坚实地面，突然就变得摇摇欲坠。

当整个世间都倾向于地动说时，一直以来信奉着天动说的人是否也有这样的心情呢？我曾这样想象着遥远的异国。

"我二年级知道真相时也吃了一惊，完全颠覆了我以往的认知。所以你到二年级时也会知道真相的，在那之前就先忍耐一下吧。"

两人好像总算理解了，可接着又异口同声地说："姐姐，你明明是个女生，说话语气却跟个男生似的，太滑稽了。"

千辛万苦帮他们调解完毕，居然一扭头就联合起来嘲笑我。所谓的恩将仇报说的就是这。

"那又怎么了,不过这种时候应该叫我女汉子。"

我丢下这句话就回家了,"砰"地用力关上玄关的门。

我的身体在颤抖,简直无法站立。我不由自主地蹲在了玄关门口。

我很想吐,但并不是因为那两人的出言不逊。

我发现了比土的秘密——

地球的公转。

7

"喂，比土。"

翌日，在没有其他人在场的儿童会办公室，比土正排列着她的塔罗牌。室内光线昏暗，没有开灯，只有夕阳的余晖照射进来。

上学路上的变态被抓了，今天早上教室里一直在谈论这个话题。整个校园都处于一片祥和安心的氛围之中，大家都认为小夜子被杀一案的侦破也指日可待，除了我。

"喂，比土。"我再次对她说道，声音比刚才更用力。

比土终于停下了她摆放塔罗牌的手。

"根本就没有什么秘密吧？"

"……"

"小夜子根本就没有威胁你吧？那全是你信口捏造出来的。"

"为什么这么认为？"

煞白的能乐面具转向我，她的声音里不含一丝感情。

"你跟我说三周前初雪那天，小夜子威胁了你，但是那天小夜子感冒了并没来上学，也就是说那全是你编造出来的，小夜子压根就没威胁过你。"

第五章　与比土的对决

"是吗……真可惜呢，我似乎说了多余的话。"

比土的态度从容不迫，我握紧双拳。

"我起先还很不理解，为什么你要告诉我你对小夜子抱有杀意，哪怕这会使我更起疑。铃木的话我并不完全相信，何况你跟小夜子之间也没什么交集，所以只要你佯装糊涂的话，说不定我会怀疑铃木。但是你却故意说了出来，因为，有动机对你更有利。但实际上，你对小夜子根本不关注，连她感冒休息的事情都不知道。"

"你是说我毫无动机地杀害了新堂同学吗？我真是个不得了的杀人狂魔呢。"

"嗯，那天无论谁在操作室，对你来说都无所谓。小夜子也好，柘植也好，加太也好。操作室里擦窗户的工作一直都是由一个人负责的，这十分有利于你偷偷潜入，从背后将其杀害。并且负责操作室的人大抵都是通过猜拳在打扫当天决定，虽然无法确定是谁，但操作室里必有一人，他们全都是我的同班同学，特别是，那天有三分之一的概率会是小夜子，那对你来说再好不过。"

"为什么我要那么做？"

比土把卡片反面朝上覆在桌上，轻轻拨了拨黑色长发的发梢。

我强忍着愤怒说道："你想利用神明，将计就计。同班同学遇害，如果我一如既往地去问铃木，铃木自然会把你的名字告诉我，而我则会来质问你，于是你就会把名为'动机'的毒素注入我的体内。一般大家怎么都不会想到无差别杀人，何况你还数次击打

225

头部，仿佛对被害人恨之入骨，所以我会很容易信以为真。而当我深陷于凶手的目标是小夜子这一思维定式之中时，你就拥有了绝对无法被打破的不在场证明。"

"所以我问，为什么我要那么做？"

比土用她水晶一般冰冷而又透明的眼睛注视着我。

这就是杀人者的眼睛？比土就是用这样的眼睛，冷酷无情地杀死了小夜子。

"理由是你之前的态度。跟我擦身而过时，你暗暗窃笑了吧？为了让我与市部闹翻。因为赤目的事，我们走得太近了……难道不是吗？"

"你比我想的要聪明呢，桑町同学。"

"我再问一遍，小夜子是你杀的吧？"我厉声向她发出了最后的通牒。

"不是哦，但是你的假说很有趣呢。"

比土矢口否认。仿佛只要她不承认，就不会成为事实。

"不过这么荒唐的胡言乱语，谁也不会相信，大家都会认为你是在诬陷我。"

"不，没有那回事。"我凑近比土，扬起一侧的嘴角，脸上露出了一个并不像我的表情，说道，"市部会相信的，哪怕全世界都笑话我，只要我告诉他，他就会相信。"

我看到她厚颜无耻的脸上露出了些许破绽。

我不是成心要说出市部的名字的，然而，为了给小夜子报仇，为了与眼前的恶鬼对峙，我也必须化身为恶鬼。

"你已经走投无路了,我既然知道了你的不在场证明是如何成立的,市部也会明白的,你应该知道他的头脑相当灵光吧。他是逻辑的信奉者,而一旦他发现了你的本性,就不会再喜欢你。"

"是吗?那你就试着跟他说说看吧。"

比土霍地站了起来,我瞬时摆好架势。眼前这个人是杀人魔鬼,说不定会杀了我灭口。

但是比土只是缓缓地经过我的身边,然后径直地往门口走去,悄无声息。

"喂,比土,告诉我,为了得到市部,你必须要杀掉毫不相干的人吗?单单杀掉作为情敌的我不行吗?"

"如果只是杀掉你,你就会留在市部君心中,一生一世。桑町同学,你好像不懂得爱情吧?所以才能满不在乎地接近绝对的神明。"

黑色的斗篷翩然飘动,比土留下这谜一般的话语就消失了。

窗户似乎开着一条缝,寒冰般的风溜了进来,卷起比土留下的塔罗牌。

代表死神的卡片飘落在我的脚边。

那天以后,再也没有人见到过比土。

CHAPTER 6

第六章

再见，神明

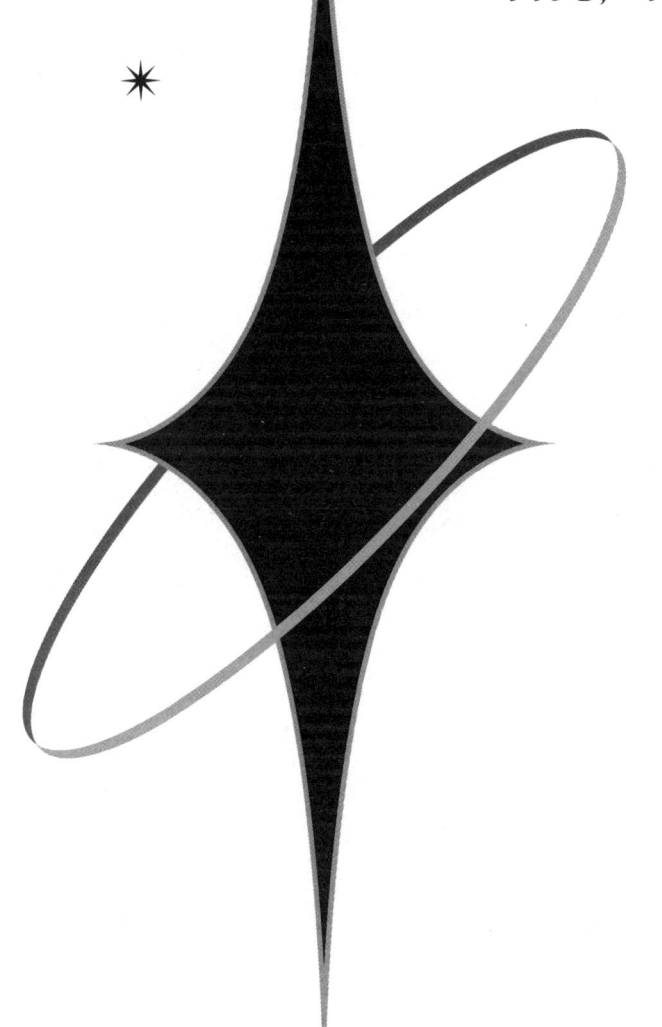

1

"凶手就是你。"

在我——桑町淳的面前,"神明大人"如此宣告道……就在这时,我从梦中惊醒。

真不吉利。

自比土优子消失后,已过去了四天。

她家属于非常要面子的那一类,直到比土消失三天后才向警方报案寻人。那天,比土优子在儿童会办公室与我对峙之后,似乎没有回家,而是人间蒸发了。

然而,我对比土失踪一事,一无所知。

因为分属不同班级,我并没有觉察她没来学校上课,而且我也没再去侦探团露过脸。此外,我跟比土家住得又比较远,所以不大有机会听到她失踪的消息。但最大的理由,是我根本不愿去关注有关比土的任何事情。

在早晨的班会上,我从美旗老师口中才得知比土失踪了的消息。美旗老师语气激动地朝我们叮嘱道,虽然尚不明确比土是离家出走,还是遭人拐骗,但如果有人见过比土,请告诉他,有关比土的什么信息都可以。

美旗老师看样子也是今天早上才知道比土失踪了的消息，他犹如腌菜石一般的大脸上满是严肃。小夜子事件造成的创伤才刚开始愈合，全班同学似乎都意识到了事态的严重性。

与此同时，美旗老师用近乎警告甚至命令的强硬语气提醒我们要小心变态，听说几天前的傍晚，有一名三十岁左右、微微发胖的可疑男子向女生问路，那女生一尖叫，男子就一溜烟逃走了。再往前两天似乎也发生过类似的事情，虽然不确定是不是同一个人，但这一个月来，可疑人士的目击情报不绝于耳却是千真万确的。美旗老师并没有明说，但想必也在怀疑比土是被那些可疑人士带走了。

久远小学的小夜子才刚遇害不久，真凶尚未缉拿归案，其中就有很多人认为小夜子遇害是变态潜入校园所为。因为如果不这么考虑，那就意味着凶手在学生和老师之中，那样就无法保持校园的平静。

当然，没有人知道杀害小夜子的凶手是比土，除却我与铃木……

"绝对不能跟着陌生人走，也不能一个人走夜路，一旦看到可疑人士要马上报告。"

美旗老师用不容商榷的口吻再三叮咛后咳嗽了一声，像是在调整自己的心绪，他脸上的表情稍稍有所缓和。

"接下来，今天还有一件事情要告诉大家。"

美旗老师把铃木招呼到讲台上。

第六章 再见，神明

"嗯——铃木上完这周就要转学了，因为爸爸突然调动工作。"

"欸！"发出惊呼的主要是女生。

"铃木君，你要转学吗？"

"骗人的吧？上完这周就转学，这也太快了。"

"圣诞节的时候就已经不在了呢！"

……………

宛若方糖落入蚁群，教室的各个角落都开始交头接耳，絮絮不止。

接着男生们也不失时宜地说道："真的假的，铃木居然要走了？"

"铃木，你要转到哪里去？"

"怎么到现在才说？也太无情了吧。"

……………

他们像是国会答辩上的起哄专员一样骚动起来。

突如其来的"噩耗"令教室陷入了某种狂躁不安的状态。

铃木要走了，于我而言却是非常奇妙的感觉。当然，这种感觉绝不是寂寞，但对于他的突然转校，我也实在感到疑惑不解。如果完全相信他，铃木应当是这个世界中全知全能的唯一之神。而父亲调动工作这个托词，与如此万能的神着实太不相称。

教室里犹如炸开了锅，讲台上的铃木则始终保持着一脸平静，只是在与我四目相交的瞬间微微一笑。那个笑容意味着什么，我无从揣度。

233

"好了好了，大家安静。"美旗老师用记分册敲了敲讲桌，稳定了大家的情绪后，接着说，"星期五最后的班会上我们将举行铃木的饯别会，大家提前准备好临别赠言……那么，第一节课开始。"

比土的尸体被发现是在那天的傍晚。

第二天早上的班会上，美旗老师沉痛地告诉了我们这件事。

放学后，我久违地去了侦探团本部。

儿童会办公室没有空调，冷飕飕的，里面只有市部始与丸山一平两个人。侦探团在成立之初有五位成员，其中上林转学了，比土死了，现在包括我在内，只剩下三个人了。往日的热闹不复存在，两人都一脸忧郁地看着站在门口的我。

市部显得尤为落寞。一方面由于他是侦探团的团长，另一方面也是因为死去的女生曾对他抱有好感。尽管对方只是单相思，但应该没有男生不会为此感到悲伤。

市部虽然对比土无意，却又不知为何容忍她自称为他将来的恋人。

窗外刮起了寒风，白杨树的叶子猛烈地摇动着。

"喂，比土的事，你听说了吗？"

我坐下大概过了一分钟后，丸山伺机问道。他脸上的表情难以分辨，不知是扭捏，还是老实。

"我听说她死在折见瀑布了。"

折见瀑布位于学区边缘的山坳里，高达十米。从这里走过去，需要近一个小时的时间。瀑布的水量并不多，但跌水潭却像池塘一般宽阔，是钓河鱼的绝佳场所，热衷钓鱼的男生经常手拿着鱼竿登上山道。只是那个地方水很深，比较危险，学校方面是明令禁止学生前往的。可话又说回来，学校也并非单单针对折见瀑布，而是禁止孩子们钓鱼。

比土被发现时，其尸体漂浮于跌水潭的水面之上。美旗老师说，她大概是从瀑布上方跌落下来的。折见瀑布的跌水潭虽然深不见底，但潭中却有多处岩石迫近水面。

比土不是溺亡，而是不幸跌落到岩石上，头部受到撞击而死，连脖子也断了。

由于经常有孩子把那儿当作游乐场所，所以每周中有两天，当地青年会去此处巡查。不过正值隆冬之际，也没有孩子来这里钓鱼了，而比土的尸体被岸边的草丛拦截遮掩，因此直到昨天才被发现，这已经是她死亡后的三四天了。

发现比土的是一名巡查的青年团员，当时他看到草丛背后隐约露出一角斗篷，这才发现了尸体。

"嗯，差不多吧。"

丸山点了点头，像是对我的反应感到安心。

"那你应该不知道这件事情吧？在比土失踪的傍晚，有人看到一个跟比土很像的黑衣孩子爬上了山路。"

"原来是有目击者的吗？"

"因为天色已经开始变黑了，那人不能肯定就是比土。但反过来，眼见天就黑了，一般不大会有小孩还会往山上走。"

"确实。"

看到我点头赞同，丸山得意地继续说："而且，意想不到的是，听说案发当天上山的人不只有比土，还有另外一个人。"

"还有一个人？那比土是……"

听到比土的死讯时，我想当然地认为比土是自杀。

偶尔会有自寻短见的人从折见瀑布纵身跳下。在我上幼儿园以及小学三年级时，都曾有人投水自尽。由于频率不高，外来人员几乎不知道，但在这座城市，只要一提起自杀，大家都会联想到折见瀑布。

不过再回过头想想，比土会因为被我识破这种事而选择自杀吗？

"比土是被那个人推下去的吗？那个人是谁？"

丸山的眼神突然飘忽不定起来，显出一副没有自信的样子。

"那就不清楚了，黄昏加上又是远望所见，另外……实际上目击到这一幕的老太太好像有点老年痴呆症，时而清楚，时而痴呆，所以她的记忆不仅跳跃还有些稀里糊涂的。"

"这么说来，也有可能是看错了咯？"

"也有可能，警方把每一种可能性都考虑进去了，正展开多方调查。"

丸山在这方面的情报一直很灵通，与今天早上才从美旗老师口中得知此事的我们不同，丸山怕是昨晚就已经知晓这件事了。

"如果那个目击情报属实，比土是被变态带走杀掉了吗？"

我像是要把他推倒一般，气势汹汹地质问道。自知道比土失踪的消息以来，我始终惴惴不安，总认为其中部分原因在于自己。

第六章 再见，神明

当然比土是自作自受，可即便如此，我心里的一角却仍感到良心的苛责。这两日以来，它就像丝线一般勒住了我的脖子，一点一点地折磨着我。

可如果比土是他杀，而凶手就是被目击到的同行者，那么我跟比土的死就没有任何关系了。

丸山有些为难地把我推了回去，说道："虽然有这个可能……不过，可以说是不幸中的万幸吧，比土身上并没有发现遭到猥亵的痕迹。"

"那只是单纯地被推下去了吗？会不会是在对方即将得手时，两人扭打成一团，比土不慎被推落？"

"可似乎并没有什么抵抗的痕迹，我也不认为像比土这种警戒心这么强的家伙会贸贸然地跟着变态走。"

比土是不可思议少女[①]，或许正因如此，她从不对外表露内心，也从不轻信他人。该称之为秘密主义吗？还是说她跟我一样孤僻，只是表现形式不一样？

"喂，市部，你怎么想？"

丸山不知如何是好，于是向始终一言不发的市部寻求意见。

市部一副陷入沉思的样子，在听到丸山的提问后，缓缓睁开眼睛，说道："首先我能想到的是，为什么比土要去折见瀑布？这个时期，就连男生都不去了，更何况女生。我也不记得听说过比土喜欢钓鱼。"

---

① 指脱离常识，特立独行的少女。

237

"之前我曾经开玩笑邀请过比土,她冷笑着说,这种把大部分时间浪费在等待上的游戏有什么有趣的,还说如果钓到了天空鱼记得告诉她。"丸山附和着市部,嘟囔道。

"并且,根据目击者的证言,那时候已经快天黑了吧?新堂不久前才刚刚遇害,比土进入荒无人迹的山中,总得有相应的理由。"

"理由?"我问。

市部用手托着下巴,沉思了一番。

"对,理由。比土死于跌落瀑布,大体可分成三类,他杀、意外,以及自杀。

"首先,假定目击者的证词是正确的,那么去折见瀑布的就是两个人。对方是一个不确定的人,不过这个人,应该是为比土所熟悉的。正如丸山所说,比土的警戒心很强,她绝不会轻易跟着一个可疑人物走的。所以如果是两个人,比土应该是被熟人约出去的,并且这个人跟比土还需要有一定程度的亲密度。

"不过这是被约出去的情形,反之,如果是比土主动邀请,那就不需要特别亲密的关系了。如果对方是一个成年男性,他不会对一个弱小的女生有什么戒心。并且不管是哪种情况,都有他杀、意外、自杀这三种可能性。如果为他杀,估计凶手是趁其不备将其推落潭中。如果是意外,大概是两人站在瀑布顶上时,比土不慎脚滑掉落。

"只是,如果是意外,她的同伴为什么不报警呢?虽然处于山里,手机信号还是有的。不过,也可能是因心虚胆怯而逃走。总之,任何一种情形都有可能。

"另外，本来是比土出于杀人目的将对方约出来，却遭到反杀的假说虽然也成立，但因为未见抵抗的痕迹，所以这种可能性比较低。"

果然一旦涉及比土，市部就难以保持一贯的冷静推理，在言语停顿之间，他短促地调整着呼吸，像是在让自己平静下来。天花板上的日光灯仿佛与之呼应一般，闪烁不定。

"那么，即便是两个人也有自杀的可能吗？"丸山一脸诧异地询问道。

"当然有。比如故意在对方眼前自杀，或者伪造成被对方杀死的场景。面对这样的情形，同伴一定会惊慌失措而难以采取冷静的行动，而这又会使他留下更明显的在场痕迹。"

"原来如此。比土性格阴暗，常让人不知道她在想什么，蛮可怕的。她会这样考虑也不奇怪。"

丸山同意道。面对已然死去的比土，丸山出口肆无忌惮。比土生前，丸山因为心有畏惧，经常看着她的脸色说话。

"不过，比土如果要复仇，我觉得她不会采取这么拐弯抹角的手段。所以，可能性也不见得很高。"市部补充完后又接着说，"再是假设证词有误的场合。比如，在没有任何人看到的情形下，比土也有可能被人绑架到了瀑布，但这样的话比土身上势必会留下什么痕迹，所以基本上不可能。

"另外，即便比土只身一人前往，我们也可以考虑他杀、意外、自杀这三种可能性，其中最为稳妥的推想是自杀。再是意外，从可能性上来说很充分，但比土为什么要在傍晚时分跑到没有人烟的瀑布去呢？不弄清楚这个我们就没有头绪。他杀的情况则比较特殊，兴许是比土去到瀑布时，恰好遇到了凶手，恐怕凶手的杀人动机就是那时产生的。但从没有抵抗的痕迹来看，对方应该是跟比土相熟的人。当然，这也适用于比土跟凶手相约在瀑布碰头的情形。

"从理由出发去看待这些可能性的话，只要有自杀的理由就行了，无须再考虑去瀑布的理由。反之如果是意外的情形，只要有去瀑布的理由，剩下的就清楚明了了。而如果是他杀的话，那问题就变成了比土为什么跟着凶手走了。"

"这个推理真是令人似懂非懂。"丸山有些失望地嘟囔道。他似乎期待着市部会一如既往地提出快刀斩乱麻般的高明见解。

"这是当然，我也是刚才从你那儿听说了目击证词，才得出这些推理，要是能立刻解开真相那才奇怪呢。"

"也是，你毕竟不是神明大人。"丸山突然灵光一闪，像是想到了一个好点子，拍手说道，"对了，桑町，你去问问铃木吧，他虽然有些装腔作势，但不是马上就要转学了吗？也许会愿意告诉你呢。"

我瞪了丸山一眼，没说话。丸山虽然并不理解我为什么要瞪他，但他似乎知道自己说了不该说的话，乖乖闭上了嘴。

沉默不期而至，市部顺着我的意思打圆场道："以前就说过，我们可是久远小侦探团，侦探怎么可以依赖神明的力量呢？"

"可是……"丸山似乎还不死心，用哀求的眼神看向市部，"死去的不是别人，是我们的伙伴比土啊，这可不同于以往吧？"

第六章 再见，神明

"伙伴"这个词犹如朗基努斯枪一般刺向我。我早已不把杀死小夜子的比土视作伙伴，然而，这两个不明真相的人自然仍对比土怀有强烈的伙伴之情。我感到眼前忽然耸立起了一堵厚厚的墙壁，也许这堵墙以前就有，只是由透明变为可见而已。

"那么就不要拜托桑町，你自己去问好了。既然铃木在转校前变得慷慨大方了，想必也会爽快地告诉你吧。"

"确实，或许真如你所言。"

市部说这些话的本意是制止，却反倒使丸山动了心，他一下子充满干劲。

"是啊，我可是久远小学消息最灵通的人，要是不率先掌握最新情报就没有意义了……家庭教师马上要到了，我就先回去了。"

丸山带着一脸开朗的表情，小跑着离开了儿童会办公室。一阵风从门口吹来，吹动凝滞的空气，令人微微透出一口气来。

"那我也回去了。"

我紧随其后，也站了起来。与市部两人独处的话，我不知会出什么纰漏。出乎意料的是，市部既不阻止也不催促，我回头一看，他正坐在椅子上默默注视着我。

"怎么了？"

"你要去问铃木吗？"

"怎么连你都这么说？我不会去问的。"

我发自内心地说道。我已经不想再问，不想再跟铃木有所牵扯了。

2

  星期五上完课后，我们延长了班会的时间，为铃木举办了饯别会。说是饯别会，其实也不过十五分钟而已。大家给端坐在讲台上的铃木送上赠言，为他饯别，最后再由铃木向大家道别。

  "虽然时间很短，不过我很开心能跟大家一起度过这段校园时光。这所学校的回忆已深深印刻在了我的心间，今后也永远不会忘怀。"

  一直到最后，铃木都戴着优等生的假面。也许是被气氛所感染，有好几个女生哭了起来。哭泣的女生们原本是铃木的崇拜者，可眼泪是会传染的，连带着其他女生也落下了伤心的泪水。不一会儿，整间教室就变得湿答答的，连感情脆弱的美旗老师的眼睛也红红的。

  铃木在讲台上心满意足地俯视着所有人，说了句"大家，再见了"，便结束了饯别会，宛若偶像的引退典礼。

  饯别会结束后，大家也都三五成群地回去了。我从隔着毛玻

第六章 再见，神明

璃看三文戏剧①的心情中解放出来，独自走在昏暗的走廊上。走着走着，不知何时，铃木已站在我的眼前。

"你不是回去了吗？"

在结束他的最后一场登台后，铃木比我们都早一步离开了教室。那些目送他离开的女生差点把手里挥舞的手帕都抛了出去。这还是刚刚发生的事。

"我正要回去。"

优等生露出谜一般的微笑，佯装糊涂。

"话说还没问你转学到哪儿去呢。"

"东京，目前是这么决定的。"

"骗人的？"

"这个嘛，我又没有明说，就算不是东京也不算说谎，说不定明天我会作为新任老师到这里赴任呢。"

一直到最后都满口谎言的家伙！

"为什么要转学？你不是万能的神明大人吗？"

"因为我已经厌倦了帅哥的生活，人居然会憧憬这样的东西，除了麻烦只有麻烦而已。"

可我从未见过他变成除他以外的形态。

"谁也不可能像你一样轻而易举就拥有一切。刚才的话，绝对不可以在男生面前说，不然挨揍了可别怪我。"

"挨揍又怎么样？"铃木饶有兴趣地反问道。

---

① 指低级、无艺术价值的小说。

"你在说什么?难道不会痛吗?"

"疼痛是一种向大脑传递生命危险的信号,属于生物的警报系统。永生不死的我,当然不需要。"

确实有一定的道理。

"那被蚊子叮了你也不痒吗?"

我听说瘙痒处于疼痛的下位等级。

"差不多吧,不过现在的我跟人类的构成是一样的,想要设定疼痛和瘙痒的话,易如反掌。归根结底,疼痛究竟是一种怎么样的感觉?"

仿佛一位千金小姐在买电车车票时提出的问题。

"身为神明大人,你也有不知道的事?"我挑衅道。

"没有啊,我只是想通过你的语言了解罢了。因为你的心好像总是在痛。"

"那是不一样的疼痛。"

看来直到最后都要被他敷衍搪塞过去了。我不得不承认,对方于我棋高一着。

"对了,你为什么要接近我?"

"主动接近的不是我,而是你吧。"

"算了,也罢,那你为什么要告诉我凶手呢?"

"因为好意——就算我这么说估计你也不会相信吧?因为我太无聊了啊。"

"你想用这个词解释一切?"

"因为除此以外没有其他理由了,我也无可奈何。"铃木夸张地耸了耸肩。

"全知全能也真是不方便呢……所以为什么要有神明呢?"

"无需理由,我就在这里。我一时兴起创造了人类,人类就唤我为神明。你今天的问题真多啊,没办法,最后我就告诉你吧,你最想知道的事。"

"不用了。"我垂下视线拒绝。

铃木冷笑道:"那我就告诉你另一件事吧,比土优子是自杀的。"

"哎?"我抬起头的时候,他已经转过身去,就像电视剧中的主人公一样,背着身,轻轻挥动着右手,跟我道别。

"喂,为什么要跟我说这个?"我朝着走廊深处大声喊道,但没有得到回复。

铃木就这么干脆利落地转学离开了。

任性妄为。

从新的一周开始,我的班级就进入了没有"神明大人"的日常生活。对于铃木的突然离开,大家似乎都还没有习惯,下意识地以为铃木还在,继而才发现他已经离开了。这与其说是因为铃木是"神明大人",莫不如说是因为他是我们班的核心人物。好比是学校中心的重要建筑突然消失了,好比是地球失去了重力,大家都有点飘飘然不知所措。

听说十月被称为神无月,是因为神明大人要前往出云国,家中无人。反过来在出云国,十月则被称为神在月,真是不可思议。

这听起来好像在出云国,平时是没有神明的一样。可出云之神明明一直都待在出云国。

神无月离开的神明大人会在十一月返回当地,而铃木却大概不会再回来了。周一也没有新任教师出现的惊喜,铃木并没有明确地说过什么,所以也称不上谎言。

最初,我认为他是一个拥有透视能力的超能力者,如果只是一个超能力少年,因为父母工作调动而转学那是很自然的事情。哪怕直到现在,这个想法依然在我这里占据着主导地位。但那家伙的奇谈怪论也确实使我有所动摇,假若他是如自己所称的神明,为什么要现在转学呢?我很在意这点。

是否跟他最后留下的那句话——"比土优子是自杀的"——有所关联呢?

我满脑子想着这个问题,不觉恍惚出神,撞到了班里一个女生的肩膀。

"好痛啊。"

长发微带茶色的女生龟山千春,捂住自己的右边肩膀大声叫嚷。龟山是铃木崇拜者里的核心人物,长相虽然不及小夜子,但也算得上是一个美女,只是性格泼辣,在班级里颇为有名。每次铃木跟我说话时,她总是用一种嫉妒的眼神盯着我。

"不好意思。"

"什么叫不好意思,你给我好好道歉啊。"

大概是由于铃木转学后情绪不佳,龟山细细的眉毛向上挑起,不肯轻言罢休。

第六章　再见，神明

"我刚才不是道歉了吗？"

"不好意思可不是诚恳道歉的话。"

"……刚才不好意思。"

"我刚才不是说了吗？那不是诚恳道歉的话。"

龟山盛气凌人地强迫我跟她低头道歉，可情绪不佳的人不止龟山一个人。

我终于不胜其烦地瞪了她一眼，龟山立刻喊道："你这是什么眼神啊？要杀人啦。"

与此同时，半数以上的女生都"呀"地尖叫起来。男生们则不明就里，静观事态发展。

我本想回敬一句"究竟是谁杀人啊"，却忽然察觉到教室里的气氛异乎寻常，而这不仅仅是由于铃木转校的缘故。

"什么意思？"我质问道。

龟山不为所动，嚣张地喊道："可怕，太可怕了，杀死比土的凶手就是你吧。"

众目睽睽之下，龟山蓦然亮出了刀锋。

"你说什么？"

"比土同学是和你一起去的折见瀑布吧？比土同学失踪那天，有人听到你跟她发生口角，其实是你把她推下去的吧？"

这简直是惊世骇俗的推论，甚至连丸山都能推理得比她更为合情合理，我不禁哑然失语。不过令我感到意外的是，我跟比土之间的对话居然被人窃听了。不过也不奇怪，儿童会办公室既不地处偏僻，也没有隔音装置。

247

"话说赤目君遇害时,你似乎也在神社,难道不是吗?"

"不会吧!"

"真的假的?"

龟山周围的女生一下子沸腾了起来。

"无聊。"我丢下这句话,不打算再跟她纠缠下去。比土案件姑且不说,赤目案件的凶手已被逮捕。

然而,我这样的态度反倒是火上浇油。

"你说什么?朋友死了很无聊,你还是人吗?"

"没人这么说吧?"

"杀人凶手!"

"喂,你们都在大喊什么呢?"

背后传来熟悉的声音。是市部恰好到了,他拨开围着我的女生,终于来到了包围圈的中心。

"这是怎么回事?"

"骑士出场了呢。"

龟山那群人丢下这句话就四散而去,宛若念珠断了络绳,散得非常干净利落。

"究竟怎么了?"

"似乎是比土失踪那天,有人听到我跟她发生口角。"

"是吗?"市部惊讶得挑起眉毛。

"嗯,事实就是如此……你也在怀疑我吗?"

"不。"市部恢复了他惯有的表情,用力摇了摇头,"你不会那么做的。"

"嗯，我不会那么做，所以我也不是凶手。"

可比土自杀，或许是因为我。

铃声响了，美旗老师走进教室，我们的谈话就此结束。

那天的课我完全没有听进去，所幸老师并没有叫我起来回答问题。要是被叫到的话，我恐怕会在数学课上朗读椋鸠十。

还真是糟糕透顶。

我不认为有那么多和比土关系亲密的人，因为比土始终跟他人保持着一定的距离，虽然不及我那么疏远。说到底，那些人不过假借着比土之名，对我进行打击报复而已。

不过为什么到现在才开始呢？我在班中格格不入也不是一天两天的事。

想必契机就是铃木。我为了洗清美旗老师的嫌疑，为了知晓真凶，将铃木叫了出来。铃木爽快地告知了我凶手的名字。从此以后，相似的对话不知发生了多少次。

那些铃木的崇拜者并不知晓我向铃木询问的内容，也无怪乎她们会误以为我在热切地纠缠着铃木。实际上，龟山她们因为嫉妒早已多次指桑骂槐，现在甚至因为嫉妒而中伤我。

我原以为随着铃木转学，这些嫉妒的缘由也会一并烟消云散，可结果恰恰相反。铃木直到最后都是优等生、"神明大人"，在与他的崇拜者们接触时，也始终保持着优等生般的分寸。说得直白一点，是保持着一定的距离。即便如此，铃木尚在时，那些崇拜者仍可以怀有期待，期待彼此的关系变得更加亲密。然而一且铃木不在了，彼此的关系就会永久冻结，无法再有更深入的发展。因此，迄今为止积攒起来的不满便一口气全爆发了出来。

一直以来，我从不把班里的同学放在心上，哪怕现在，我依旧抵触他们的视线，可内心却不禁有所顾虑。

是我变了吗？

我缓缓地环视了一圈教室，铃木固然已经不在了。然而，事到如今我才发现，有更重要的东西从教室里消失了。

小夜子不在了。

自小夜子遇害以来，悲伤与愤怒填满了我的内心，占据了我的思绪。可一旦回归日常生活，我才第一次意识到，小夜子已经不在了。

那个总是一副阿姐架势，苦口婆心，不厌其烦照顾我的小夜子，那个被班里称为"麦当娜"的小夜子。曾经她的存在，是我和班里同学的缓冲。我经常拒绝小夜子的好意，但在内心深处却对她无比依赖。

我确实憎恨杀害小夜子的比土。可我并没想过要杀死比土为小夜子报仇。这或许是出于常识性的判断，又或许是囿于铃木的视线，我无从下手，与将计就计的比土恰恰相反。

放学后，我去了折见瀑布。从学校到山间入口，我走了二十分钟。沿着山路拾级而上，花了三十分钟。我不钓鱼，但以前也曾来过两三次。上去的路只有一条，我很顺利地就来到了跌水潭处。从这儿往上爬，十分钟左右便可抵达瀑布顶端。虽说是山路，但坡道并不陡峭，单凭女生的脚力也能轻松登顶，哪怕是柔弱纤细的比土。

自下往上看时，十来米的高度不算什么；可当从瀑布上面俯瞰跌水潭时，恐惧感却油然而生。更何况陡峭的崖壁上还有些许岩石参差突兀地斜伸出来，不管眼前还是左右，目之所及的景象都会令人产生一种即将掉下去的错觉。所幸瀑布虽高，但水量不大，所以瀑声并不响。

比土就是从这儿纵身跃下的吗？

想到此处，我突然害怕起来，往后退了一步。视野里，出现了地面上褪色的杂草、从背后延伸过来的枝丫。我不禁松了一口气。

她也许是想投水自尽，可不料却被潜藏在水面附近的岩石击中了头部。虽然瀑布的水非常清澈，可当时正值日落，给跌水潭蒙上了一层阴影。或是因此，她才没有注意到水中凸起的岩石吧。

那天，她看起来似乎是承认了自己的败北，但并没有想要自杀的样子。就像市部所说的，比土绝不是那种会去自杀的人，她只会磨尖那复仇的獠牙。

可是，铃木说了，比土是自杀的。

"你也来了啊。"

市部和丸山不知何时站在了我的身后。我思考得太专注，以至于完全没注意他们的脚步声。丸山似乎有恐高症，他紧紧地抓着市部的手臂，脸上写满了胆怯，看起来想尽快返回跌水潭处。

"因为我很在意班上女生说的那些话。"我坦率地回答道。

"我想，如果作为目击者的那个老太太所言属实，比土跟某个人来到了此地，那么就像你说的一样，她为什么要来到这个地方呢？"

比土并没有遭人杀害。但假若目击情报是正确的，那么就意味着比土是刻意当着同行者的面投水自尽。

最先浮现在脑海里的人是我自己，不过，当然不可能是我。接下去想到的则是市部，可要是市部的话，他按理说不会逃走，而是会直接报警——市部不是一个怯懦的人。丸山的话倒是有可能临阵脱逃，但比土没理由要在丸山面前自杀。

如此想来，在离开儿童会办公室后，怕是发生了一件与小夜子的死完全不相干的事，迫使比土不得不自杀。

"比土就是从这里掉下去的吗？"丸山颤抖着双腿，俯瞰着跌水潭，"底下我倒是经常去玩，不过我还是第一次从这儿往下看，比预想的还要高呢。"

"不仅高，听说还撞到了岩石。比土应该是当场死亡吧。"

市部静静地双手合十。

"那块岩石很容易挂住钓钩，不过边上的水倒是很深。"

"你知道得真详细。"

"还好啦，因为经常来这里钓鱼，夏天我们还来游过泳呢，对吧，市部？"

即便在这种时候，丸山一受到表扬也会得意扬扬。

"嗯，男生都来玩过。不过眼下发生了这样的事，应该暂时不会有人来了。"

第六章　再见，神明

"为什么她们会突然怀疑到我头上来？凶手难道不是附近的可疑人士吗？"

"是这样的——"我问的是市部，可开口进行解释说明的是丸山，"一个月前，久远小学周边似乎出现在了某部深夜动画里，据说因此成为'圣地巡礼'的一环。"

"圣地？也就是说在附近出没的不是变态，而是'动漫宅'吗？"

我以前也曾听闻过，漫迷们会把参观动画里的原型场所这一行为称为"圣地巡礼"。这种行为在当初曾遭人质疑，被认为是社会隐患，而如今人们却希望借此振兴城市。我做梦都没想到，自己所在的城市居然会成为圣地。

"好像是的，我家也被拍在了背景里。他们其实就是随手乱拍的，但我妈妈很生气。如果是大河剧①或者晨间剧那还好，但如果是深夜动画，真正的变态也可能会混迹在"动漫宅"中。而且事实上，新堂也遇害了。"

"既然如此，为什么又变成了我？"

"因为折见瀑布没有出现在动画里，圣地巡礼的那些'动漫宅'也不可能知道如此偏僻的场所。"市部补充道，"另外还因为你跟比土之间的口角。桑町，你们当时在争吵什么？"

"没什么，一点小事。"

我说道，同时心中暗道你就是原因。目前我只能言尽于此，

---

① 一种大型长篇电视剧。是日本一种具代表性的系列历史剧的统称。

253

要是将真相和盘托出,市部大抵会相信,但与此同时,我的内心也会陷入混乱之中。如今,比土已然自尽,我不打算向市部坦白杀死小夜子的凶手就是比土。

　　堤坝一旦有了细小的孔隙,若不及时填堵,就会很快溃决,即所谓"千里之堤,溃于蚁穴"。像是为了证实这一点,第二天的教室里充满了攻击性的视线,并且毫不遮掩。
　　特别是龟山,细眉高挑,一脸怨愤交加的样子。
　　"死掉的全是你身边的人,你说这是怎么回事?"
　　她朝我大声叫嚷着,形象全无,真是糟蹋了自己的天生丽质。
　　从客观上来看,这已属欺凌,但我不怪他们。最近接二连三地有人死去,我想大家只是一时难以接受罢了。再说,除我之外没有人知道比土是自杀的,大家都深信比土是遭人杀害的。
　　我一言不发地走向自己的课桌,课桌上有粉笔画下的涂鸦。我拿来储物柜里的抹布,将桌面擦拭干净后若无其事地坐下了。要是有所反应那就输了。
　　然而,下一个瞬间——
　　"新堂同学也是你杀的吧?"听到这句话,我一下子怒火中烧。
　　我为什么非杀死小夜子不可?
　　"你说什么?"我不假思索地扇了龟山一个耳光。
　　"桑町!"
　　门口传来美旗老师的声音,我回过神来。

第六章　再见，神明

"对不起。"

我冲出教室，头也不回地跑回了家。

我不记得自己究竟是如何回到家的，打开大门上了二楼后，我就直接蒙上被子，闭上了眼。

傍晚时分，父亲回来了，时间比往常都要早，想必是接到了学校的电话。父亲没有责备我，只是几次三番小心翼翼地来打探情况。

"没什么。"每次我的回答都很冷漠。

第二天市部来了，美旗老师也来了。我以感冒为由，拒绝与他们见面，像是身陷囹圄的政治家一般。当然，我也不打算就这样闭门不出，那就等于承认是我杀死了小夜子和比土一样。

然而，我的身体却动弹不得。我听说当人们以为自己生病时，身上就会出现相应的症状。我的身体也像得了重感冒一样滚烫而滞重。

"喂，淳。"周日的傍晚，父亲对我说道，"我大致听老师说过了，她们说到了小夜子的事，对吗？但是，打了人就必须得道歉，马上要放寒假了，今年即将过去，我想你跟她都不想带着怨恨过年吧？俗话说今年的污秽就趁今年收拾干净。"

最后那句大概是父亲的玩笑话，一点都不有趣，但我也只好跟着笑了。

周一，当我出现在教室里时，大家都朝我投来异样的目光，像是对于我来上学这件事感到意外。我第一次意识到，原来人的

255

视线，会令人这么疼痛。不，在我打扮成男生时就已经知道了，我只是一直想要忘记而已。

宛若油膜之上落下的一滴洗涤剂，每个人都跟我保持着距离。市部早已在教室，不同于以往，他今天似乎来得很早。

"哟，桑町，你今天来上学了啊。"

市部若无其事地说道。他应该不知道我今天要来上学，可他的脸上表情如常，沉着平静。

真是一个理性的家伙。我不禁心下佩服道。

我跟市部打完招呼后就走向龟山。

"之前打了你，对不起。"我深深低下头说道。

"原谅你了，要是再惹恼你还不知道会做出什么事呢。"

虽然语气傲慢，但龟山姑且接受了我的道歉。

本来这样就结束了。

"龟山难道不用道歉吗？"市部突然插嘴道。

"为什么我要道歉？"

"你把桑町当成杀人犯了吧？"

市部说得没错，但眼下的场合却不能这么说，并不是每个人都能像市部那样进行理性的判断。说白了，市部这句话说得多余，并且不合时宜。

"你在说什么啊？"

果不其然，龟山发出犹如调错音的小提琴般的尖叫声。

"难道不奇怪吗？只有桑町同学身边接二连三地发生杀人事件。"

第六章 再见，神明

她斜翘着嘴角，散乱着茶色的头发，叫嚷起来。

"也不只是桑町，美旗老师也被卷入过案件。"

"那也是上林君的……桑町同学总是死缠着身为神明大人的铃木不放，好像在找什么机会一样，还说什么自己讨厌铃木君。而且只有桑町同学身边净发生坏事，她是魔女，不，是恶魔。如果铃木君是神明，那么跟他敌对的你就是邪恶的恶魔！"

"别说了，什么神明恶魔的，那都是不可能存在的。"

市部想在语言上制止她，但龟山哪里肯听。她越说越兴奋，脸也变得通红。

"太可怕了，没有了铃木君，以后我们班就处于你这个恶魔的支配之下了。没有了铃木君的保护，今后你就可以为所欲为了。"

龟山咄咄逼人，唾沫横飞，远至十米开外。就在这时，美旗老师进来了，龟山仓皇结束了这场争吵。虽然美旗老师跟市部一样，一再否认恶魔的存在，但恐怕谁都没有听进去。填补铃木所留下的空洞的，是龟山更为蛊惑性的想法。

"恶魔"。

从那天开始，它就成了我的绰号。当然，谁也不会当面这么说，只会在背后用一种我刚好能听到的音量窃窃私语。

铃木曾经说，这个世上没有恶魔，只有神明。讽刺的是，神明离开后，恶魔就登场了。然而，我不同于铃木，我没有特殊的能力，所以我既无法让大家知道我是恶魔，也无法进行否定。

又或许这才是恶魔的证明。

今年似乎是暖冬，从前一年末到第二年初都没有下雪，周围的山峦也没有银装素裹，新年就这么到来了。当然，比土纵身跃下的折见瀑布也是如此。

比土的案件，因为目击者老太太证词的可信性而陷入了瓶颈。听说警方也很犹豫，不知该相信多少。他们似乎也在考虑意外或自杀的可能性，但由于比土没有留下遗书，也没有什么众所周知的自杀理由，所以普遍认为自杀的可能性很低。

俗话说"风言风语长不了"，可即便过完年后，单靠寒假的两周时间，还不足以令谣言消失。

新的一年，我依然是"恶魔"，大家的视线仍旧冰冷。去年只有班级内女生以及一部分男生知晓的绰号，在过完年后，不仅全班男生都知道了，甚至还传到了其他班级。

"我必须从侦探团退出了。"丸山非常遗憾而懊恼地说道。

"为什么？"在冰冷空荡的办公室中，市部质问道。

"我妈妈叫我退出的。"

"你妈妈？难道……是在怀疑我吗？"

丸山无言地点了点头。看来我杀害比土的谣言不仅在校内传播，还传到了大人耳中。

"为什么会变成这样？虽然之前确实是把一些'动漫宅'错以为是变态了。"

"那个……不是有一个目击的老太太嘛，听说那个老太太在正月里吃年糕时噎住了，就在那一瞬间她突然想起来，跟比土走

第六章 再见，神明

在一起的不是大人，而是一个身高体形同她差不多的孩子。"丸山视线下移，解释道，"而且市部应该也听说了吧，我反正知道，儿童会会长说这个房间不能再借给我们了。"

我全然不知道事情居然已经发展到了这个地步。

两个孩子去了折见瀑布，留下的却只有比土的尸体，并且案发前比土刚跟我发生过争执。这种种疑点，确实很容易令人相信我就是杀害比土的凶手。

"喂，要是我退出侦探团的话，是不是一切都能圆满结束？丸山不用退出，房间也能照常使用。本来我就——"

话还没说话，市部就大声把我的话盖了过去，整个房间里都回荡着市部的声音。

"我不认可！我不可能舍弃无辜的团员去解决问题！"

我第一次听到市部语气如此激烈。可市部越是不顾一切，我却越是冷静。

"但是，保护侦探团才是团长的第一要务吧？"

"连自己的团员都保护不了，我算什么团长？"

"那么你有其他更好的方法吗？"

"只要找到杀死比土的真凶不就行了？"

市部一副兵来将挡、水来土掩的样子，斩钉截铁地说道。

"就算是你也……"说到这里，我慌忙住了嘴。

"对了，我的家庭教师要来了。"

面对如此紧张的气氛，丸山连滚带爬，逃也似的出了房间。

短暂的寂静笼罩了儿童会办公室。

"本来我也并不想加入侦探团,要是侦探团没有了,市部你会难过的吧。"

"嗯,但如果你不在了我也会难过的。"

市部说得很直白,面对这样坚决的断言,我一时难以反驳。

"……对不起,我只会破坏你的梦想。"

市部没有回答,而是另起话头:"话说刚才,我说要找出真凶时你马上就否定了,那是什么意思?"

既然已经被市部察觉到了,再隐瞒下去也无济于事,只会自寻烦恼。

"听说比土是自杀。"我坦白地说道。

"你问了铃木吗?"

"不是我问的,是他最后自己告诉我的。"

"是吗?"市部点了点头,脸上表情凝重,但却有一丝若有似无的轻松。

也许在心中的某个角落,他对我其实有所怀疑吧。

"除非找到遗书,否则就证明不了她是自杀……不过比土为什么要自杀呢?"

"这他就没告诉我了。"

我隐瞒了比土的罪行,只向市部透露了真相的上半部分,但聪明的市部是不会就此罢休的。

"跟你们的争吵内容有什么关系吗?"

"没有。"我摇了摇头,"争吵的内容跟你相关,比土宣称总有一天会把你夺走。"

我应该不算说谎。不知市部是否完全相信,反正他没有再进一步追问。

"可恶,自杀的话连凶手都无法找出来了。"

他非常不甘心地用拳头砸向桌子。

要是凶手被缉拿归案,那么我的嫌疑就可以洗清。然而如果比土是自杀的,就无计可施了,更何况她连遗书都没有留下。要是把铃木找来,班上的同学或许会相信。可铃木已经转学离开,我恐怕再也无法找到他了。

坦白说,光明是不存在的。

我就此退出了侦探团。

身为"恶魔"的我,受尽了人类的欺凌。按理说,惹怒凌驾于人类智慧之上的恶魔,其后果不堪设想,但他们的思维方式似乎欠缺一定的逻辑性。不过,要是他们有逻辑性的话,估计也不会做出这样的事来。

不知何时,他们开始叫市部"使魔"。从本身的级别来讲,比我还要低。这真是一个天大的玩笑,为什么市部会成为班里的最低一级,是出于讽刺还是别的什么,我不得而知。

说到我,虽然从班里的最低级上升了一个等级,可受到的待遇却一如既往。如今我似乎多少理解了叔叔的悲伤——当上主任后工资却一成未变,对此他经常嘟囔抱怨。

所幸他们并没有对我进行什么实质性的欺凌。或许大家内心深处还是对恶魔有所畏惧,不管怎么说,这帮人毕竟相信神明。

他们采取的手段不外乎明目张胆地无视、背后刻意地中伤，以及向我投来令人嫌恶的视线。

美旗老师似乎尚未察觉班中的异常。这一方面是缘于他们隐藏得很好，另一方面也是因为我始终保持着沉默。我不想给老师添麻烦。

问题是，他们的魔爪已经伸向了"使魔"。刚开始他们还有所忌惮，可一旦有人打破一个缺口，后面的人就如决堤之水一般纷纷效仿，愚不可及。跟原本就孤身一人的我不同，市部文武双全，虽然人气不及铃木，却也颇受欢迎。但现在却无人理睬他，大家都一副对他视而不见的样子。恐怕他第一次尝到这样的滋味。

可即便状况发生了一百八十度大转变，他也不为所动，照常来校上课，与我说话。

市部是坚强的。

有一天，在放学回家的路上，一个三十多岁的精瘦女人突然冲到我的面前说道："把优子还给我。"

她的眼神涣散，没有焦点。我从未见过她，不过我猜想她大概是比土的母亲，她们的脸长得很像。

女人的衣服皱皱巴巴的，想是穿了多日。她的头发也很凌乱，没有化妆，眼睛下面是大大的黑眼圈。一凑近，就能闻到一股异臭扑鼻而来。

不知何时，连比土的母亲都知道了谣言。

"不是我。"

她的眼睛突然发出灼灼的光亮，向我逼近："把优子还给我！

第六章 再见，神明

求求你了，还给我！"

眼看她就要抓住我的双手，我慌忙挣逃开。

"优子是我的心肝宝贝啊，请你把她还给我！"

犹如坏掉的机器一般，她不停地重复着。

先前在意着自己的面子，女儿失踪了三天都不闻不问，现在却说的比唱的都好听。人类真是自私自利。

我感到怒不可遏，用力推开她几次三番伸过来的手。

"比土是自杀的，我没有杀她。"

说完我就快跑着离开了。她没有追上来，可我也不认为她听懂了我的话。我一面跑一面回头看了一眼，发现她瘫倒在原地。

比土杀害小夜子的罪孽，甚至还累及到了她的母亲。在目睹这一切后，我唯一能做的只有逃跑。

这件事情发生后的第二周，我听说比土的母亲住院了。

春天到来，学校重新进行了分班，可状况没有任何改变。班级内有六分之一都是原来的面孔。说到底，有关于我的谣言在同年级中早已尽人皆知。

我依旧是"恶魔"。

"没事吧？"新学期伊始，"使魔"就关切地问道。明明他自己的处境也很糟糕，但是市部总是表现得十分坚定，仿佛和我在一起所引起的麻烦根本不足为道。

我曾一再要求他和我保持距离，可每次听到我这么说，市部都会气得满脸通红。我希望至少我们可以分在不同的班级，这样市部能少受点牵连。唯有这个愿望实现了，市部跟我相隔了三个班级。我很感谢神明，感谢普通的神明，而不是铃木。只是我的班主任不再是美旗老师。

不久，一个对"恶魔"诞生原委不甚了解的人藏匿了我的室内拖鞋。因为龟山去了不同的班级，现在可谓"群龙无首"，自然有好事者想趁此机会显姓扬名，博人眼球。

大概是看到"恶魔"没有反抗而放下心来，这类恶作剧渐渐升级。他们在我的课本上乱涂乱画，把我已经改好的试卷张贴在黑板上，撕烂我的笔记本，把我的体操服弄得满是泥巴……他们不再背地中伤，而是经常当面对我破口大骂。背地中伤与当面唾骂，我不知道这两者所带来的伤害，究竟哪一个更大。

这些恶作剧真的、真的无聊透顶。唯一的安慰是幸好我没有再连累市部。

四月中旬，我听说比土的母亲去世了。当晚漆黑无月，并没有目击者，警方认为她是突发性地从车站站台上跳了下去。此前数日她因为病情有所好转已经出院。据说她一开始打算割腕自尽，包里藏着一把刀。我感到很难过，但错不在我，哪怕比土是因为和我争吵而自杀，那也全怪她杀了小夜子。

冬天的时候，刑警来过我家两次询问情况。当然，我只能坦率地告诉他们我不知道。我确实没有去过折见瀑布，我不能撒谎。

附近的邻居似乎也都认为比土是我杀的，旁边的三年级学生一跟我四目相交就会仓皇跑回家去。另外还有相隔三户人家的一年级新生曾天真无邪地问我："真的是姐姐你杀的吗？大家都这么

第六章　再见，神明

说哦。"他大概还没理解这件事的严重程度。

就连父亲也曾试探着问我"要不要搬家"。搬家就意味着承认一切，我自然一口回绝。我不知道父亲究竟有多信任我，我也不想去弄清楚。

何况，就算搬了家、转了学，前面还是一片灰色。

时隔四月之久，有一天，我再度登上了折见瀑布。

不知是因为冰雪消融的缘故，还是由于春天的气息，折见瀑布看起来熠熠生辉，跌水潭闪闪发亮，水中仿佛有无数的宝石在成群结队地游泳。

比土是自杀的，这应该没错。我并非完全信任铃木，但他从未撒谎。既然如此，比土为什么要自杀呢？几个月来，这个疑问始终在我脑海中萦绕，挥之不去。

难道是为了像如今这样陷我于不义？

虽然之前我也有过这样的想法，但那个连神明都意欲玩弄于股掌之中的比土，真的会把自己的性命赌在飘忽不定的未来上吗？并且，我之所以被当作恶魔，也跟铃木转学有关。比土自杀时应该不知道铃木要转学的事情。

此外，要是没有目击者说看到两人同行去折见瀑布，我也不会背负这么大的嫌疑。那么，比土是怎么伪装成两人同行的呢？

再者，不管怎么说，如果是比土的话，应该会将自杀伪造得更像是他杀。与杀害小夜子的冷酷无情相比，这一切总令人觉得稍显火候不足。

265

然而，或许对于比土来说，世间的感情根本不值一提。她爱市部，不惜为他杀人害命。既然如此，那么对于她来说，也许只要能在市部心中埋下一颗怀疑的种子就足够了，让市部疑心是我杀害了她……

我看向脚下。

跌水潭大得无边无际，令人不由自主地想淹没其间。我的书包早已看不出原来的颜色，我把它放在一旁，踏出那只穿了鞋的脚，朝跌水潭张望。我的另一只脚没有穿鞋，从学校走到这里，袜子破了，脚底满是鲜血，很痛。不过，这与昨天被捅到后仍疼痛未消的肋骨相比，还算尚能忍受。

水面上荡开了两组小小的波纹，然而，下一个瞬间就被瀑布的水流冲刷不见。据说瀑布和流水自古以来就被用于禊祓。比土也许是想在这个瀑布中为杀害小夜子而赎罪。那么我……

"桑町！"

背后传来熟悉的声音，是市部。如今会用这样饱含深情的声音呼唤我的，只有市部和父亲了。二选其一，简单的推理。

"怎么了，看你一脸苍白，难道你以为我会跳下去吗？"

我想一笑了之，却没有笑出来。因为遭受同学的霸凌，脸上被涂满了颜料，变成了花脸。它们干巴巴的，凝固了我的表情。

"感觉很糟糕吗？"

"不，不坏。"

听到我这么说，市部放下心来他坐在岩石上，晃荡着双腿，我也效仿着他的样子坐到旁边。一晃腿，左脚上的鞋子就掉进了下面的跌水潭。罢了，鞋子这种东西，单有一只是没有意义的，除非是一对。

"桑町，你们班的班主任打算装聋作哑，一概不管吗？"

"也许吧。"每天新伤旧伤不断，他不可能没有注意到，"但他人不坏，我大概这么觉得。"

"你啊……"

市部想用力提高音量，可随即就放弃了，他耸了耸肩。

"哎，我有一件事情不明白。"他喃喃说道。

"什么？"

"铃木为什么老是只告诉你一个人真相呢？除此以外，他只在新堂的竖笛事件与秋游时展示了他的预知能力吧？"

"我也问过，可被他蒙混过去了。大概是觉得我的反应很有趣吧，因为他一直在抱怨无聊。也许他能隐约看到即将发生在我身边的事，看到上林、赤目、小夜子会怎么样。他曾经说他需要闭上双眼，捂住耳朵，否则他就能看见一切，听见一切，包括未来的事。为了享受未来，他只得闭目塞听，但有时可能也会微微张开眼睛，现身于可供消遣之所……

"我想过，会不会不是我而是他引导比土自杀的。因为如果是他，哪怕他不直接下手，也能让人萌生轻生的念想。但也许我是错的，那家伙不会做那么卑鄙的事。虽然不甘心，但他应该更加阴险，却也应该更加堂堂正正。所以我才始终百思不得其解，比土为什么要自杀？在这场比赛中比土又有什么胜算？我正合比土的心意了吗？比土看到了多远呢？我仅仅只是想替小夜子报仇而已。人类为什么如此愚蠢。这到底有什么意义？杀人与捏造事实，又能带来什么快乐，为什么我必须为不是我偷的钱包承受众人指责？对于他们来说我就是恶魔吧……

"为什么我要被指责做了坏事？为什么铃木做了那样的事仍旧被尊称为'神明大人'？他全知全能，所有的因果都起源于他吧，那么既然现在我的境遇也是由他一手造成的，为什么我要在自己身上寻求因果呢？这也太矛盾了。既然身为神明就负责到底啊。比土到底为什么自杀？神明又为什么对小夜子见死不救，任由比土杀害了她？她是那么善良的一个人。而我又为什么不得不受尽罪恶感的折磨，不得不吞声忍泪。前几天，在放学路上有人用打火机……"

"够了。不要再说了。"

我的话语像这四个月来积蓄在心中的泪水一般决堤而出，连我自己都无法停下。市部用力紧紧抱住了我，让我别再说下去。断掉的肋骨顶到市部的胸口，不可思议的是，我并不觉得疼痛。

"你要是想死的话就去死吧，不过那时候我也会陪着你的，所以你不用再忍耐了。"

这是今年以来，我第一次哭泣。

3

四年后，我，不，是我们升入了外省的同一所高中。不过对我来说却属省内，因为那之后，我疗养了一个月就转学去了外省，与此同时我不再女扮男装，第二年便进入了当地的中学。我待人依旧疏远冷淡，但总算过上了平静的生活，也有了几个朋友，虽然为数甚少。最令我感到慰藉的是，其间我跟市部始终保持着联系。原本我们不可能上同一层次的高中的。他没有明说，但我想他应该刻意放了水。

市部寄宿在我家附近，如今，父亲已经公开允许我去他的寄宿处玩耍。

"真想再组建一个侦探团啊。"

有时，市部会充满怀念地喃喃自语。听说在我转学之后，市部最终还是自行解散了久远小侦探团，中学时也没有再组建。

我开始觉得组建侦探团或许也不赖，回想起来，久远小学的事情好像已经离我很遥远了，现在我只记得一些美好的回忆。人是会遗忘的，唯有遗忘，神明无法做到。这回我也要积极地召集团员，另外，还要去读一读市部推荐的推理小说。

我们很幸运地分在了同一个班级，不到一个月，我们就被贴上了"班里第一傻瓜情侣"的标签，甚至还有话多嘴碎的好事者嘲弄我们为美女与野兽。我当然是美女，可我不明白为什么市部成了野兽。

我很感激市部来到这所高中。在搬家后的四年里，虽然生活风平浪静，可我内心始终是孤寂的。

市部为了成立侦探社团正在同学生会交涉，虽然眼下只有两名成员，但在同年级中我还有几个朋友有望加入。

时值六月，已经入梅，我走在回去的路上。

就在去往市部寄宿处的途中，隔着落下的铁路道口栏杆，我看到对面有一张似曾相识的脸。

一个没有撑伞，带着爽朗笑容的帅气的小学生。

"铃木？"

火车轰鸣而来，正好淹没了我的声音。等火车开过去后，对面已经空无一人。这一切发生于一瞬间。

那肯定是铃木，转学离开时小学五年级的铃木，分毫未变。

可铃木为什么会出现在这里？是我产生幻觉了吗？

我为此感到困惑不解。

在这幸福的顶峰，他来告诉我什么呢？铃木即便是神，那也是死神。

突然，我想起了临别之际铃木对我说的话。

"最后我就告诉你吧，你最想知道的事。"而当我拒绝后，他又接着说道，"那我就告诉你另一件事吧，比土优子是自杀的。"

第六章　再见，神明

是的，比土的事只不过是"另一件事"，我完全误解了。铃木真正想告诉我的，亦即我真正想知道的事。

而我当时最想知道的事是……毋庸置疑，那就是杀害川合高夫的凶手。

如果当时我点了头，铃木会把杀害川合高夫的凶手告诉我吗？不，他大概是预料到我会拒绝，才会那样说吧。

而现在，他现身了。

我似乎有些明白了为什么是现在。铃木绝不是一个和蔼可亲的神明。

那么答案就只有一个——杀害川合的凶手就是市部。

霎时，一直以来纠缠不清的几条线忽然拧成了一股绳。

市部总是对我说"不要跟铃木扯上关系，不要听信他的话"，没完没了地说。

莫非比土早就知道，并以此为要挟逼迫市部与她交往？所以市部才无法拒绝，无法对她冷言苛责。

之所以杀害川合，是因为川合逼人太甚，市部大概在镇守之森看到了这一切。盛田神社里好像有他的秘密基地，我记得市部在成立侦探团时嘴里嚷着什么秘密基地毕业了。

那么……令比土自杀的人也是他。

假使窃听我与比土在儿童会办公室对话的人就是市部——这么说来在折见瀑布，我一时情绪失控，混乱无措之下失口说出了比土杀害小夜子的事实时，市部也相当镇定。按理来说，他应该是初次听闻才是。而显然他全都知道。市部会毫不犹豫地对比

271

土痛下杀手吗？就像杀害川合时那样。市部对我的爱是千真万确的，事到如今，我能够很有自信地这么说。另外市部还非常聪明，如果是他的话，他能够很巧妙地将现场伪装成被害人意外身亡或自尽而死的假象。然而，仅仅如此却是不够的。

一旦我问了铃木杀死比土的凶手，那么一切就完了。铃木会说"凶手是市部"，而我会相信铃木的话，自然就会跟市部拉开距离。市部最为恐惧的应该就是全知全能的铃木。

为此他不能杀死比土，必须要让她自杀。

那天傍晚，老太太看到的其实是比土与市部的身影。如果是市部，我想比土会跟着他一起去折见瀑布。

在那里，市部责备了比土，比土因被市部知晓了一切而狼狈不堪、惊慌失措。于是她反咬一口，威胁市部要将一切告知于我。然而，爱上市部成了比土最大的弱点，市部利用了比土的这个弱点。

一根又一根发光的丝线被编织在了一起。

我忽然想起了丸山的话。那个跌水潭的深处与浅滩相邻。

如果提出殉情的市部率先跳了下去……他对折见瀑布十分了解，所以知道往哪里跳没有岩石。但是，当看到心爱的市部纵身跃下，失去冷静追随而去的比土，对此并不知情。

于是，铃木便会把这件事宣告为自杀。如果没有听到铃木所言，我也许或多或少会对市部有所怀疑。

当然，要是铃木详细说明自杀过程的话，那么市部的计谋就会败露。但鉴于以往的案例，市部料定铃木不会说得那么详细。

而铃木则仿佛领会了市部的意图一般,只选取了部分真相告知于我。

那是一场两人之间无言的合作。

想来比土那时候也是如此。铃木并不会讲述杀害小夜子的手段,仅仅作了一如比土所料的说明。

无论比土还是市部,他们都已察觉到了铃木的喜好,自始至终都朝着铃木所喜的方向下了这场危险的赌注。特别是市部,他推测铃木还没有向我道破杀害川合的凶手——如果我知道了,一定会在对他的态度上有所体现——所以才作出了值得一赌的判断。

接着铃木转学以后,我身陷那样的境况,其中恐怕也有几分是市部刻意使然,目的是使我把全部的感情都寄托在他身上……

不,我一定是想多了。

我蹲在铁路道口,摇晃着头站起来,像是因蹲了太久突然站起来而感到眩晕一般。不知何时,雨伞歪向一边,雨水打湿了我的左臂。

实际怎么样都无所谓了,因为我有市部,现在他就是我的全部。

"淳。"

恰在此时,市部从商业街上的书店出来,看到我,夸张地挥动着雨伞。

"始!"

我笑着回应道，向他跑去。雨鞋啪嗒啪嗒地在水洼中弹奏出一串琶音。

　　不同于往昔，对于如今的我来说，我的心中早已没有任何余地可以让神明大人乘虚而入。

　　真是太遗憾了。

（全文完）

图书在版编目（CIP）数据

再见，神明 /（日）麻耶雄嵩著；沈佳炜译.
北京：北京日报出版社，2024. 12. — ISBN 978-7
-5477-4812-1

Ⅰ. I313.45

中国国家版本馆CIP数据核字第2024L64Y54号

北京版权保护中心外国图书合同登记号：01-2024-5223
SAYONARA KAMISAMA by MAYA Yutaka
Copyright © 2014 MAYA Yutaka
All rights reserved.
Original Japanese edition published by Bungeishunju Ltd., in 2014.
Chinese (in simplified character only) translation rights in PRC reserved by Jiangsu Kuwei Culture Development Co. Ltd., under the license granted by MAYA Yutaka, Japan arranged with Bungeishunju Ltd., Japan through BARDON CHINESE CREATIVE AGENCY LIMITED, Hong Kong.

再见，神明

出版发行：	北京日报出版社
地　　址：	北京市东城区东单三条8-16号东方广场东配楼四层
邮　　编：	100005
电　　话：	发行部：（010）65255876
	总编室：（010）65252135
印　　刷：	天津鑫旭阳印刷有限公司
经　　销：	各地新华书店
版　　次：	2024年12月第1版
印　　次：	2024年12月第1次印刷
开　　本：	880毫米×1230毫米　1/32
印　　张：	8.75
字　　数：	182千字
定　　价：	45.00元

版权所有，侵权必究，未经许可，不得转载